雪落村庄

黄忠龙 著

XUELUO
CUNZHUANG

立于异地，月亮是从乡村里升起的，确切地说是从故乡那座窗口里探出头。明亮的银河是通往故乡的记忆的小舟泛起，熟稔的光辉洒满一地：绿树村边合的小巷，采菊东篱下悠然可见的老堡子掌梁，以村壁上依稀可辨的标语，装点家乡风光的古堡，酋不完清凉梦的老井；脚印装订成厚实的山路，记录琢湾一段优美的传说，还有那水草茵茵的水磨河畔，放牧过我的童年……

敦煌文艺出版社

图书在版编目（CIP）数据

雪落村庄 / 黄忠龙著. -- 兰州 ：敦煌文艺出版社，
2012. 11（2023.1重印）
ISBN 978-7-5468-0398-2

Ⅰ. ①雪… Ⅱ. ①黄… Ⅲ. ①散文集－中国－当代
Ⅳ. ①I267

中国版本图书馆CIP数据核字（2012）第264987号

雪落村庄

黄忠龙 著

责任编辑：王 倩

装帧设计：蔡志文

敦煌文艺出版社出版、发行

本社地址：（730030）兰州市读者大道 568 号

本社邮箱：dhwy@duzhe.cn

本社博客（新浪）：http://blog.sina.com.cn/dunhuangwy

本社微博（新浪）：http://weibo.com/1614982974

0931-8773084（编辑部）　　　0931-8773235（发行部）

天津旭丰源印刷有限公司印刷

开本 787 毫米×1092 毫米　1/16　印张 16.5　字数 220 千

2012 年 11 月第 1 版　2023 年 1 月第 2 次印刷

印数：2 0011～5 000

ISBN 978-7-5468-0398-2

定价：62.00 元

守住乡情

（代 序）

这个民间故事发生在二十世纪六十年代初，饥馑灾荒像瘟疫浸入日子的血液，剥光了皮的榆树似受辱的裸女立于麻木的岁月里，断笔的画家面对泣血饮泪的画布，空白了美的感受，只有文人眼里的悲剧在心灵深处淤积。险象环生的困境让生命的列车每每遇难，而求生的希望总会在夹缝中看到生存的曙光。

一个名叫林子的孩子在人间芳菲尽的四月和蔷薇花一起绽开了，母腹的血迹染红了他的躯体，父亲塌陷的眼眶里一滴惊喜的泪滚到脸上，便是一颗晶莹的露珠，这血与泪的恩泽以烙印的方式，让他负荷了几十年，必将背负一生。

这繁衍人类的子宫，创造人文世界的老家，让生命起程与落脚的根部，便是远离城市的乡村。正因为生我养我，这个和众多乡村一样的栖息单位，便成了故乡，正因为是故乡，我便和所有思乡人一起，以众所周知的方式，思念她的风俗与风景，赞美她的宽容与厚朴。每一次上路，乡情是唯一带走的行李，每一回省亲，乡音是手中的门票。

立于异地，月亮是从乡村里升起的，确切地说是从故乡那座窗口里探出头。明亮的银河是通往故乡的路，记忆的小舟泛起，熟稔的光辉洒满一地：绿树村边合的小巷，采菊东篱下悠然可见的老堡子掌梁，以及前村壁上依稀可辨的标语，装点家乡风光的古堡，舀不完清凉梦的老井；脚印装订成厚实的山路，记录着胡家湾一段优美的传说，还有那水草茵茵的水磨河畔，放牧过我的童年；最难忘的要数杨家沟屡屡出没的绿眼睛狼，给了我胜过同龄人的胆量；而来自张家凸山上尖刻如刺坚硬似沙的北风，吹打出我成熟的品性，锤炼出骆驼般的坚毅。这些故乡风情的特殊训练，虽可以从任何一本教科书上得到启示，但面对自然困境，勇敢者往往是那些饱尝过风霜之苦的人。要说真正具有顽强生命力的风景，则是祖祖辈辈生于斯长于斯的柳树与山菊的英姿，他们以抗寒耐旱的天性，一代代生息在苍天厚土之上，名不经传的姓名注定了平凡的一生，种植的粮食与民歌延续着人间烟火，丰富了村庄的定义。

美不美，家乡水，亲不亲，故乡人。许多文人墨客面对家园，有抒不完的情，写不完的意。而我对于故乡的深情就在于做不完的梦，咏不完的诗。思念让心灵在梦中约会，乡愁在美好的诗句中一一展开，故乡便在我永久的祝福里生长饱满的麦子，收获吉祥如意，我便在故土深沉的爱中一笔一画从事教育。故乡的淳厚耳濡目染了我一生的诚实，故乡耕牛的生存方式让我悟出奉献是一种最好的品质，故乡憨厚的人情世故教会我做人的良知，而把东山日头背到西山的父老乡亲，一辈子重复着一种繁复事情的精神，叫我懂得了持久一种平凡的生活本身就是一种高尚。于是，我以匆忙的工蜂自省，不厌其烦地劳作，在每一个教育的日子上精心酿蜜。人生的辉煌与否，始终坚守一种信念，决不给默佑我成长的故乡脸上抹黑！

远离故乡，不是远离了那个可亲可爱的地方，仅仅是多了一段语言的距离，一张生活中不时翻晒记忆的网。

守住乡情，守住精神的家园，便守住了灵魂安放的归途。

CONTENTS

目录

故乡的声音

声音是万物的语言与韵律，无论物与人，不管有无生命，只要发出声音就是传递存在的信号，释放生命的气息。挪动椅子，椅子就会发出声响，那声音与驱赶一只绵羊而呼出的咩咩叫声有着相同的意向，不是一种情绪的波动，就是物体本能的抗议。而机动车辆启动与行进的声音和田间地头劳作的耕牛一样，用呼哧、呼哧的声响为自己鼓劲加油，有时会站在地畔朝天一声吼叫，生命的喇叭打响，季节就在牲口的鸣号中徐徐穿行。

"匏土革，木石金，丝与竹，乃八音。"故乡是出产这八种物质的原材料基地，因此，她像一个美妙的八音盒，岁月的圆轴转动，风从季节的边缘扫过，不同的日子发出不同的声响，就有了音量、音调和音色的不同。一年旋转下来，就是一曲优美的交响，低声谱与高声调、婉转悠扬的与刺耳诘牙的，混合在一起成就了一个快乐和谐的气场，让炊烟终年在晨夕中愉快生长。

故乡的声音有自然的、内在的、域外的，以及时尚的。无论哪一种都会融入故乡的泥土中，成了故乡特有的风情。

风是故乡最勤奋的歌手，从春到秋一年四季练着歌喉，听着听着小草长高了，山菊开花了；雷是天公扯起嗓子喊出的秦腔，粗犷有力，穿透厚厚的云层，惊动了一切熟睡的精灵；雨是村民渴望的意念在日子里得到了回音，有时像倾泻的月光淅淅沥沥，有时像喜庆的爆竹噼里啪啦，总给村子带来吉祥如意。

鸡鸣犬吠，牛哞羊咩，可谓故乡特有的声音。雄鸡报晓，东方亮了，一天的日子便绽开了头，上工的脚步惊醒了树上的鸟，人早鸟勤，扑棱着翅膀开始在曙色中觅食。一犬吠形，众犬吠声，全村的狗咬着黎明前的黑暗，看守着贫穷却不失厚道的门风。

羊在山坡上啃着草皮，牛在田地里织着秋天的美景，童年的梦赤着脚蹚过清凌凌的河水。春天听着燕叫，夏天赶着蛙声一片，咕噜咕噜的雁鸣砌高天空的台阶，民间最好的语文课是一群红嘴鸦留在雪地上的文字，让故乡的孩子很早就懂得生活的艰辛。

平素的村庄，听惯了大人的斥责声，小孩的哭闹声，男人的争辩声，女人的吵架声，以及鼾声、劳累声，只要从外面飘进来的一切不同常态的新鲜音符，都会成为村子入耳注目的声音。特别是货郎儿串乡的叫卖声、手艺人走村的吆喝声，更会为故乡增添愉悦无穷的韵味。

儿时的冬天似乎比现在特别寒冷，贮水的水缸、装酸菜的菜缸虽然在母亲的百般保护下，但还是难逃破腹的厄运，总会被冻破。在那个瓜菜代的年月，生活的用品几乎都是一些土法炮制的粗糙、易碎的手工制品，而一个事物碰撞另一个事物发出声响的生活，免不了磕磕绊绊，瓦罐不离井口破，只要来的次数多。缸破了，原本漏风的日子就会开始渗漏月光，买一个大水缸，得花好几块钱，如果修补一下照样可以盛水。于是我们热切地等待着一种熟悉的声音从村口的土路上传来。

"箍——缸来哟！"箍缸匠肩上扛着几卷竹篾，边走边吆喝。父亲第一个听见了喊声，就寻声而去，我趿上布鞋跑出门外。箍缸匠四十岁上下，操着一种和我们不同的方言，走过陕西当过麦客割过麦子的父亲从他的口音中听出他是陕西人。箍缸时，他将破缸茬对好，用竹篾紧紧地箍扎在一起。如果缸茬对不严实，他就先在接口处涂抹上石灰粉与清油调和的泥浆，再用竹篾箍紧，待干后就不再渗水了。这样原本冻成两半的水缸，在箍缸匠的手里重新站起来了，虽然它的身上缠着一条醒目绷带，但依旧盛着阴历的日子。

箩匠与箍缸匠喊着节奏几乎相同的声音。钢磨的兴起，使箩的职能逐渐萎缩，渐渐淡出故乡的案台。我小时候箩却成了家家户户的必备品，一般都少不了在案台的墙壁上悬挂粗箩与细箩两种箩面的家当。石磨的高频率使用，让箩成了一个最让人心痛的消费品。箩烂了就用烂得更早的箩布补一补，实在不能再补了，就得等箩匠来了再继一个。如此，村子里就又多了一种外来的声音。

"继——箩来哟！"小时听到这种声音，便知来者的身份。待到成年温习那种声音时，我一直被一个词所困扰，箩匠发出的第一个音节应该是什么？是寄托的"寄"还是继续的"继"？想着想着，我终于明白了，每一个词的产生都打着生活的烙印，箩之所以用"继"，其实就是续接的意思，要么是在旧箩圈上接一个新箩布，要么在尚可用的箩布上续一个新箩圈，纯粹做一个新箩的毕竟是少数人家：这便成了箩匠喊继的理想缘由。箩匠大都是河南人，他们把镟好的板皮箍成圆圈就成了箩圈，箩布则是马尾织成的，有粗有细，继箩时根据箩圈的大小裁剪而成，一般直径在四十公分左右。箩的粗细恰恰说明了生活的底细，用粗箩过日子，日子反倒过得紧巴巴的，时不时出现断炊的情景；用细箩的时候，日子却宽余了，清油细白面的生活，让故乡平常的日子呈现出王冕眼里那种"太平风俗美，不用闭柴门"的小康景象。

有一种声音在故乡近几年开始热播，当一堆人坐在一起聊天时，总会不时听见一串优美的乐声，要么从硬朗的腰杆里发出，要么从鼓起的口袋里传出，不是时兴的歌曲就是让人耳熟能详的秦腔板头，不是女人呼叫着吃饭就是在外地的儿子报来平安，这声音让故乡一下子进入了一个美好的时段，开启了又一个崭新的岁月。如此，我在想无论下一个随风潜入故乡的声音是什么，都是带给民间最美好的旋律。

养蜂儿

现在家乡人不大说养蜂儿这个词，对于从事这种职业的人一般都称放蜂人。放蜂犹如放牧，花开到哪儿就在哪儿搭起帐篷，安下流动的家。春天一到，故乡的公路边总会见到一处处这样逐花而居的"牧民之家"，他们大都来自中原，一路北上，终于在家乡这块风水宝地上安营扎寨，用蜂箱垒起一个简易的栅栏，采蜜归来的洋蜂就像入圈的羊只蜂拥而进。

放蜂人放牧的是洋蜂，养蜂的故乡人饲养的是土蜂，它比洋蜂的个头小、身体的颜色稍深一点，生产的作坊也十分原始。在老墙上挖四五个一字排列的四四方方的窗口，或在屋檐的码头下砌几个上圆下方的泥箱，再用柴泥做上盖板，盖板的中央留一个圆孔，供蜂儿出入——这便是老家人养蜂用的蜂窑窝，也是蜂儿栖息酿蜜、生儿育女的家。

我小时候，村子里只有四五家人养蜂，一般每家就养着三四窝蜂，如果养七八窝蜂的人家一定光阴很好，隔壁喜子家就是这样一户靠养蜂使日子过得好一点的人家。中秋节前后，喜子家就开始铲蜜。在漆黑的夜晚，喜子爸将蜂窝内所有的蜂格子连同熟睡的蜂儿一起用铲子铲下来，倒在锅内加火烧炼。待所有的蜂巢融化，蜂儿死了，蜂蜜也就炼成了。然后将蜜上面漂浮的蜂渣撇出来，在开水锅中进行煮沸。渣水分离后，经过压榨便打出蜂蜡。

第二天早上，喜子家炼蜜时留下的蜜香弥漫开来，沁入我和弟弟的心肺，让我们兄弟俩的鼻子馋了好一阵子，不停地用舌头舔着干涩的嘴唇。于是，我的哥哥开始在靠近奶奶家的一面大墙上挖了五个蜂窝，并在每个里边摆上一个装着糖水的小盘子，等着引窝的蜂儿在这里安家落户。那时，一窝新蜂的价钱是二三十块钱，一窝老蜂差不多要买五六十块钱。对于一年下来也挣不了几块钱的我们家来说，也就只能等着天上掉馅饼了。就这样，我们天天盼着有蜂王领着一群蜂儿子在这里筑巢。一天过去了，一月过去了，一年过去了，除了几只散蜂钻进去吃饱后又飞走了，也未等来一窝自动找上门来的蜂儿。我们兄弟三人都非常失望。

父亲安慰道："常言说，财帛各有分限，糊涂虫昼夜不安。孩子，是你的谁也拿不走，不是你的到手后的鹌鹑也会飞走。"后来发生的事，也真让父亲给言中了。

那是农历五月的一天，正午的天气十分暖和，后院里的洋槐花盛开了，一串串、一团团洁白的花朵挂满树梢，散发出一股淡淡的清香。正所谓，人间五月风光美，花香引得蜜蜂来。我正坐在屋檐下的土台上玩耍，突然听得头顶上有一种潮水涌动的巨大声音，我抬头一看，后院的天空上黑压压一片，成千上万只蜜蜂正朝这儿涌来。我连忙喊叫哥哥，快，蜂儿来了！哥哥听见后，提着上衣跑出来，顺手拿起一把铁锨直奔后院，方子不乱开始用土扬蜂，扬了一会儿，蜂头果然被遮住了，密密麻麻的蜂群嗡嗡嗡的开始在后院的一棵大槐树周围乱飞乱舞，熙熙攘攘，盘桓不至，最后一窝蜂似的落在洋槐树的枝杈上，枝杈下面顿时结起了一个滚动着的黄褐色疙瘩。

这时，庄里看热闹的人围满我家的后院。有人告诉我哥快用草帽收蜂。哥哥就在槐树上搭起梯子，用草帽开始收蜂。他一边用树梢轻轻扫着蜂团，一边喊着："蜂王进斗，进斗，白雨来了。"

约摸过了半个钟头，蜂儿仍没有钻入草帽，满头大汗的哥哥仍兴致十足，继续着他的收蜂工作。这时，父亲从隔壁喜子借来了专用的蜂斗。蜂斗是用麦草编织的，上面洒上糖水，很像一顶清朝的官帽。哥哥接过蜂斗，依旧模仿着庄里养蜂人收蜂动作。不大一会儿，树上的那个蜂团突然跃起像一股旋风迅速卷入蜂斗，又像一个旋涡霎时蜂拥而入，那气势、那场景十分壮观，令人惊叹不已！

原来，只要蜂王进斗，爬在蜂斗最顶点，众蜂就会紧紧跟着自己的领袖，形成一窝蜂涌动的自然景观。进斗的蜂王被众蜂儿严严实实地围着，就形成了密密麻麻的蜂团吊成一大串看似要掉下却又吸附得牢实的人间奇观。哥哥小心地提着蜂斗，将其仰放在原先挖好的空蜂窝内，然后堵上窝门。

我看见槐树上还粘着一团蜂，告诉哥哥再收一次。哥哥说："只要蜂王进了斗，其它的蜂就不怕它跑了。"果真过了一阵时间那些蜂就三三两两自己钻进了蜂窝中。家乡的土蜂就是这样，蜂王走到那里，大家就跟到那里，很少有走丢的。但洋蜂不是这样，如果你遇到拉蜂的车从收费站经过，总会发现一群掉队的蜂在车站附近周旋，它们再也追不上远行的同伴，只有成为山中的野蜂，过上流浪的生活。

第二天傍晚，哥哥估计所有的蜂儿都爬到窝顶，打算取出蜂斗，可打开窝门一看，一窝蜂全不见了。自此，我哥哥就彻底收了养蜂的心。

养蜂儿人最盼望的不是铲蜜，而是分蜂儿。分蜂就是蜂儿分家另过，从老蜂窝中分出一群子蜂。蜂旺的一年，差不多要分二三窝，第一窝分出七八天后，又分第二窝，再过四五天，又分出第三窝。这种现象一般从芒种时节开始，当子蜂的蜂王、工蜂、雄蜂成熟且分蜂的条件都具备了之后，老蜂就一致起来攻击子蜂，直至将子蜂全都撵出窝门。离开老蜂窝的子蜂儿，卷着它们的新蜂王开始另觅新窝。如果一时半会儿找不到新窝就先停在附近的树上，再作打算。倘若找好了新家，即使人们截住了它们的去路，强行收留，它们也会俟机逃跑，义无反顾。这便是我们家收留的蜂悄然出走的原因。

在家乡蜜蜂可谓家蜂，除此还有好几种野蜂，最吓人的当数马黄蜂，比家蜂大，有针一样的刺，十分凶猛。谁要是惹了它，它就会穷追不舍，要是被它追上，非螫得你头上起疙瘩不行。小时候我们最怕这种蜂，但又爱惹它，于是没少被它螫过。另一种叫麻子蜂，身体黑瘦，常将巢筑在屋檐下。它的性情较温顺，攻击性较小，就是你招惹了它，让它螯了一下，顶多只在身上起个小红疹，还没有蚊子叮得厉害。还有一种叫狗头蜂的野蜂，大拇指头肚那样胖大，长得十分好看，巢筑得很隐密，我们很难发现。狗头蜂最爱在葵花和瓠子花上采花蜂，我们蹑手蹑脚用小瓶子罩住它，等它进入瓶子后就赶快盖上盖子。被圈入瓶子中的狗头蜂发出嗡嗡的抗议声，犹如美妙动听的音乐，让我们爱不释手，你看看，他瞧瞧，直到它筋疲力尽了，我们就把它重新放归自然。

大约进入二十世纪的九十年代，农药的大量使用，给家乡的土蜂带来了灭顶之灾，即使我的姨父这位精心呵护土蜂的护蜂使者，从不让家里人使用香皂一类的日用品，而田野里浓重的农药味让他束手无策。于是，十几窝蜂就这样一窝一窝的从他的心头上死去，如今那些闲置的蜂窝还时不时勾起他对往事的回忆，继而唏嘘不已。

乡村灯盏

灯盏是乡村的记忆，乡村的历史。它穿过漫漫长夜，点亮了祖祖辈辈的心房，温暖了拖沓缓慢的阴历岁月。多少个土屋的梦被它摇曳着，多少个土炕的情被它缱绻着……

鸡叫了，窗棂纸上透出一丝亮光，乡村那平淡、沉重的生活渐渐拉开帷幔——母亲摸索着走下炕栏，从茅草棚里找些杂物续住土炕的温暖；父亲搭起了茶架，盘腿坐在火盆前熬着一杯苦茶。浓烟呛醒了睡梦中的我们，一个个借着火光穿起了衣裳：这是一个冬季的早晨，我们从小习惯了在没有灯光下开始一天的日子。

星宿稠了，炕头上的灯盏终于点着了，昏暗的灯光下，父亲刓着印章，母亲补着旧衣，哥哥看着老书，姐姐纳着鞋底，我静静地望着这盏油灯出神——

这是父亲自制的一盏煤油灯，它由灯盏、托盘、灯柱、底座四个部分组成。灯盏是用用过的墨水瓶穿上稔管，父亲怕原来的塑胶盖子遇热变形，又在上面包了一个铜皮盖；托盘、灯柱、底座都是木制的，镶嵌为一个整体，就成了一个比较稳固的灯架。那时煤油供应紧张，端着灯盏借油、黑揣着吃饭的现象时常出现。有时实在需要点灯时，母亲就从清油坛坛里像抠眼泪一样抠出几滴清油添在铁灯里，点亮漆黑的夜晚。清油的油烟很大，灯芯容易燃旺，母亲总用她缝衣服的针不时地拨小灯头。无论煤油灯还是清油灯，那熠熠燃烧的火苗像一个小楷毛笔头，用它不停冒出的一缕黑烟在屋顶上在墙壁上写着乡村岁月的沧桑。

　　回溯到祖先穴居的上游，仿佛看到一群先民正在围着一堆篝火手舞足蹈。有了火就有了灯，灯与火是分不开的。有了火就有伙伴一词，无论火还是灯，永远是人类生命的伙伴，它们放射出的亮光穿过漫漫长夜，弦歌不辍传递着乡村一种宁静的念想。

　　从远古时我们的祖先用树枝烧起一堆火当灯，到西周把手执点燃的火把称烛，到战国时期专门的灯具出现，再到万家灯火通明的今日乡村之夜，是火，是烛，是盏，是灯，照亮了万千个乡村寂寞的日子，传承了五千年华夏民间史话。

　　从"日暮汉官传蜡烛，轻烟散入五侯家"的唐朝诗句，到"只许州官放火，不许百姓点灯"的经典俗语，再到"楼上楼下，电灯电话"的现代民谣，灯光就是风雨的时光，灯火就是百姓的心火。灯架的质地决定了灯盏的身份，灯光的强弱表明了光阴的底气，民间的灯盏，一路走来，娓娓叙说着生活的哲学。

　　乡村注定在阳光下劳作，在月光下奔波，在灯光下生息。人死如灯灭，灯的命运，就是乡村的人生，看着季节的脸色，躲着风雨的侵袭，即使在黑灯瞎火中，也要等住天亮那个门缝开的希望之光，即使燃尽生命中最后一滴油汁，也要为儿女留下一份日子的柴禾。

　　"三更灯火五更鸡"，多少农家的孩子正是凭借着灯盏的福音，走出乡村的门槛，走进都市的领域，成了故乡牵挂的心灯；"灯不拨不亮，事不挑不明"，多少乡村父老正是在如豆的灯花启示下，进城务工，融入城市的建设之中，像塔吊上彻夜长明的星灯，在照亮城市的天空时，为守望家园者开启了思念的窗户。

　　"灯碗碗开花在窗台，杨柳树开花呀把手摆。"灯盏，总是点亮乡村黏稠的夜，孵化民间漆黑的梦。保存一盏陶制的鬲灯，缅怀日子单薄、辛劳的身影；种上一株灯盏花，绽开民歌热烈、火红的期盼；点燃十五的面灯，把村庄朴实、绵长的夜话再一次拨亮。

　　穿过漫漫长夜的灯盏，永远是乡村深邃的目光。

放 鹞 子

　　我能记事的时候社会就进入了二十世纪的七十年代，那时，农村生产的组织形式是生产小队、生产大队和人民公社三级。但我们跟着大人习惯称那个时期为农业社。农业社里，冬小麦的种植不像现在成为农田里的主流文化，那时，队上什么都种，玉米、谷子、糜子、高粱、荞、胡麻、冬麦、春麦、洋麦、莜麦、大麦、扁豆、豌豆、洋芋等，可谓百花齐放，百谷争鸣，而糜谷由于它们耐寒耐旱的习性，深受农民们的欢迎，也就成了生产队里大面积种植的庄稼。为了便于管理，它们总会被集中连片种植，要么余家岔整个岔全种上糜子，要么胡家湾一湾上都是谷田。

　　糜谷灌浆后，灵性的麻雀就会成群结队地赶来啄食，于是照雀便成了生产队里的一项十分重要的活计。活儿虽然重要但比起在太阳下烤晒的其他农活，它毕竟总能找一处阴凉歇一歇，况且这又是一个弹性活儿，如果没有队长的监视谁又会不倦地在田埂上"啊奥——"喊叫，谁又会不停地奔跑在几块田地之间？因此，这项工作就成了捏在队长手里的一张照顾性的牌，打出去的大都是在队长跟前能说起话的人，不是村姑就是新媳妇，作为主要劳动力的男人一般不会有这样的特殊照顾。

　　无论是谁照雀，扎草人是少不了的一件事。用麦草或其他柴草扎一些草人立在田头地畔，让草人穿上一件破衣服，头上戴上一顶破草帽，手里举着一个树枝。胆小的麻雀远远望见它，以为是一个人在守护粮田，也就不敢靠近了，飞来的又会飞去。时间久了，长期守候在这片田野里的麻雀就会看出端倪，它们中的一些富有经验的就会试着向草人慢慢走去，甚至几只胆大的麻雀吃饱后站在草人的肩上悠闲地晒着太阳。于是照雀的人手里就多了一件工具——雀叉。

雀叉是用一个叉形的树枝做成的。先将树枝的皮剥掉，枝杈的两端留半尺许，枝杆一米左右，然后用胡麻毛线将叉口编成网络，再在叉头上各绑一根细绳至叉尾处交叉打结，一个雀叉就做成了。打雀时只要将一个土块放在叉内，再用绳索勒紧，用力向目标甩去，绳松则土块飞出，有时可以打到几十米远。有了雀叉，照雀人就省了好多疲于奔命之苦，声嘶力竭之累。

家乡人常说，"打住的少，吓住的多。"在生活困难时期，粮食就成了农人的命根子，虎口夺粮，与雀争食是十分普遍的事。如何保住自己快要成熟的庄稼不要让鸟兽抢劫，就成了队长最关心的事。譬如糜谷仅靠人工照雀还远远不够。于是，找来麻雀的天敌吓唬麻雀看守庄稼就显得尤为重要，放鹞子也就成了队上的一件十分显赫荣耀的工作。

用鹞子来看护庄稼，也许是很早的事了。每到收割麦子的时候队上总要派人到山里捉鹞子。说"山里"其实就是离家乡较近的森林里，那儿有鹞子交易场所，不是自己动手捉而是掏钱买。一只好鹞子在那时要值七八十块钱，甚至我们称的大青鹞有时要一二百块钱才能买来。

鹞子捉来不能立即投入战场，必须经过一段严格而残酷的训练，而训练鹞子只能由有经验的鹞把式来做。鹞把式将买来的幼年鹞子，用细绳拴着，为了不使绳子磨着鹞子的腿腿，他们总会做两个小皮圈套在鹞子的腿上。然后将其架在一米多高的拐棍上，近距离用剥开的死麻雀"啊啊"地呼叫，等鹞子飞来落在手背上，就给鹞子喂上一两口肉，送回鹞拐。再挪远距离叫，直到五六十米开外一声吆喝，鹞子飞来时，便解去细绳，换上一只活麻雀让鹞子捕捉，并抡着麻雀忽高忽低转圈增加捕捉的难度。这时，麻雀凄厉的叫声和鹞把式的呵斥声，唤起了鹞子潜在的捕杀习性，强悍的鹞子就会猛扑过去，如此反复，鹞子被训练得灵活、勇敢、凶猛，而驯鹞人的声音印在鹞子的脑海里，也就让它识别出并听从主人的命令。

待到鹞子训练上手了，庄稼也就成熟了。放鹞子时不能让鹞子吃饱，否则，它就不会干活了。这时，放鹞子的人让鹞子停站在自己戴着手套的虎口上，到大块的庄稼地里去巡逻。不明真相的麻雀群刚飞落下来，鹞子就扑过去了，抓住麻雀后，主人便一声呼叫将鹞子唤了回来，将它抓来的麻雀撕开喂给它。只要有一只麻雀丧生于鹞子爪下，这一群麻雀便炸了堆，四散而逃，霎时间无影无踪，几天都不会出没在这片田地里。即使外地飞来的麻雀，只要远远看见庄稼地里鹞子那雄健的身影，它们就连忙退避三舍，另谋生路去了。所以鹞子通常抓不到几只麻雀，它的一日三餐全靠放鹞子的人来供养，也就对主人产生了依赖性，任凭鹞把式呼来唤去，它都会俯首听命，甘愿臣服。

我们邻庄有一位给队上放鹞子的人，由于两个庄的地连着畔，两个队就商量着由我们每年出一定的报酬让他同时照看两个队上的糜谷田。邻庄放鹞子的人姓雷，一派清骨道风的模样，加上鹞子的凶悍，给人一种威风凛凛的气势，我们背地里便叫他雷声爷。雷声爷时常穿着一个对襟的白布短衫，胸前扎着一个青布带子，腰里吊着一个血迹斑斑的皮口袋，里面装着鹞食。右手戴着一个露着手指的生皮手套，虎口上托着一只冷峻英武的鹞子，黑色的鹞爪就像现在一些武打片中的恶人手中戴着的鹰爪一样，给人一种森然惧怕的感觉。雷声爷赶路时，右臂弯曲，像小人书中看到的托塔天王李靖一样平平地托着如塔似的一只大青鹞，食指与拇指须臾不离拴在鹞子腿上的细皮条，生怕殃及无辜。左手挂着一个鹞子拐棍，拐头上横镶着一个半尺见长的枕木，上面用布缠着，供鹞子栖息，下方掉着一个黄铜环，专供拴鹞腿上系着的细皮条。拐棍的下端是一个一尺长的铁锥，磨得明亮，随处可以插进地里，中间横着半截脚踏的铁嘴，用来对付硬地埂的。鹞子的尾羽上通常绑着一个小铜铃，当我们听到"呛啷"、"呛啷"的声音，就知道是雷声爷进庄了，就会招来一群孩子，我也夹在其中，前呼后拥，这时的雷声爷更显得气宇轩昂，依旧方寸不乱，脚步稳当。一路走过，杀气很重，远处的麻雀闻风丧胆，躲藏在树上的屏住气息，希望能侥幸地逃过一劫。

放鹞子的雷声爷倒也勤快，每天总要在南北两架大山上转一圈。只要他经过的地方就会鸦雀无声。有的麻雀甚至逃到了十里外的村子觅食去了，直到晚上夜深人静时才悄悄潜入家园，与亲人团聚。

有一种像鹞子而没有鹞子矫健灵活、威武机警特性的隼，我们叫它黄背。黄背是抓不住麻雀的。如果没有多年放鹞子的经验，就很难在幼年时辨认出它们，也就很容易上当受骗。

如此看来，经验就是财富，它让我们少走弯路。放鹞子虽然在人们的视野里早已消逝，但放鹞子放出的经验依然在乡间不经意中传承，有如故乡的灯盏偶尔点亮一个停电的晚上。

父亲的手艺活

父亲离开我们三十多年了，那些让乡亲津津乐道的手艺活也就在阴历中淹埋了三十年。三十年里与父亲同龄的人有的相继去世有的依然健在，而像父亲会做的那些手艺活在这三十年里一个个从我的视线中消失。它们的消失虽然不像父亲突然撒手人寰给我留下了岁月难以医治的永久心痛，但时不时也会牵动我思念的脚步情不自禁地走进那段纯朴的乡情民俗中。

把一件手工活儿一看就会甚至比别人做得更精致的是我慈祥善良的父亲，由此我便理解了心灵手巧的含义。在农村，一个心灵手巧的人常常受到的麻烦最多，也就是一个最让人看得起的理由，加上他善良的心底，如此便有了父亲极好的人缘以及至今让活着的人追忆缅怀的根。

每每看到父亲做手艺活时用过的工具，比如一把编席的席铲，一件盘锅台的老式瓦刀，一把钉脸盆、搪瓷缸抑或补锅时用的钉锤，一个做铁器的砧子……我的眼前顿时闪现出父亲埋头劳作的身影：正午的阳光很炎热，劳累了一早上的乡亲们草草吃完饭就倒在炕上缓觉。父亲开始做起了手工活，不是给川边上的芳子家箍着木桶，就是给山根底下喜子家旋着马勺，要不然就是给国子爸剃头，反正他很少午休。那时，生产队上的农活紧，父亲只有把别人央求做的活放到了中午和晚上。每天晚上收工回来，母亲点着油灯做饭，父亲借着油灯括着竹篾，给人编背篓、编走亲戚用的笼笼，有时用别人送来的柳条编起装柴禾的筐子。这时，我的母亲也就在同一个油灯的照亮下，要么做点针线活，要么纳起草锅盖。父亲做这些活儿都是给人白效劳的，一些记情的人有时给父亲端一碗炒面，有时送活计时手里捏上二两茶叶。即使什么也不给，父亲照样把活儿做得很好，从不坏了自己的手艺。

我的家里至今保留着父亲生前做的三样物件，按子、杆秤和一条花线口袋，从工序的考究上来说算得上农村最精湛的手艺活。

单位门前有一个戴着眼镜的中年人，一年差不多有三百天坐在一个小凳上刓着章子、挑着按子。冬天他就着一个小火炉，夏天靠一顶草帽遮住屠花花的阳光。风吹日晒，时光流转，依然故我把那个民间的手艺活艰难地维系着，就像黑夜里提着一个纸糊灯笼，随时都可能被风吹灭。

有空时我在旁边瞅一会儿，看着他刻的那个印纸钱的按子，和我家里存放的相比，就显得粗糙多了，不光拓印纸钱的只有一面，就那一面上的图案花纹简单了许多，只是面额比父亲做的大好多倍。他的面额是百元大钞，我父亲刻的主面是伍圆、副面是壹圆，那是当时最流行的两种面值。我曾问父亲为什么不刻个拾圆的呢？父亲笑着说，面值太大，先人们用起来不方便，万一找不开又得在哪儿去换钱呢？不如我们多拓几张，只要给他们多送些票票（纸钱）就行了。我一听，觉得还真是这么个理。于是，我每次在按子上刷上颜料拓印冥钱时总会想起父亲说过的话，也就尽可能地多印一些。

父亲用梨木挑的那个按子，和真钱差不多一样大，那是1960年饥饿时的产物，吃了上顿没下顿的父亲就用这改拆着意乱心慌。父亲那年一共挑了三个按子，现仅存在家里的只有一个，这一个也就成了念物，总会睹物思亲。

有一句成语叫半斤八两，现在的孩子对此不好理解，我小时一听别人说起这个词语就会无师自通，原因是我家里就有这两种制式的秤。一个十六两的老式秤是父亲的一个故人送给他的，我们也不知道它的年成有多久，从他磨得光滑的石秤砣上来看肯定有些历史了。一个现代的市斤秤是父亲亲手做的，有一个挂钩、两个提绳，大提绳出头三十斤。

秤据说是春秋时期越国的政治家、军事家和经济学陶朱公范蠡发明的。一天，范蠡经商回家，在路上偶然看见一个农夫从井里汲水，方法极其巧妙：井边竖一高高的木桩，一横木绑在木桩顶端；横木的一头吊木桶，另一头系石块，此上彼下，轻便省力。范蠡顿受启发，回家仿照着做了一杆秤。并突发奇想用南斗六星和北斗七星作标记，一颗星一两重，十三颗星是一斤。后来，为教化心术不正的商人卖东西时缺斤少两，克扣百姓，他又在这十三星之外，加上福、禄、寿三星，十六两为一斤。范蠡告诫商人，缺一两折福，缺二两折禄，缺三两折寿。这便是十六两秤的来历。

我亲眼目睹了父亲做杆秤的工序，可谓十分繁琐。大约是1974年，父亲不知从哪儿弄来了一个铁秤砣，就开始做起秤来。他先找来了一个硬木，刨光打磨、上漆晾干，再把一个铝像章放在火中烧褪了漆，剪成细条，然后用锉子锉成细小锥形镶嵌秤星。做秤星时先要选好准星，用准星衡定秤的精确度。农村把一些已成定局的事说成"定秤"或"把秤定了"就缘于此。准星固定好，就开始画线、定星位、安提绳。如此这般，差不多花费了父亲近半个月的空闲时间。秤做好了，偶尔有邻居借去用一用，大部分在家闲置，一置也就是几十年，偶尔撞见有犹父亲黯淡的身影在岁月的角落里腌着，咸了日子的回忆。

闲月里看不到老人们捻胡麻毛线已经有好多年了，反倒想起那些愉快的时光。一到冬天，

无论串门或者在老戏台前晒太阳、聊天的男人们差不多人人手里都举着一个线权，不停地拨转着一个麻线疙瘩。线疙瘩缠在一块磨得油光发亮的牛羊骨头上，用一个骨签别住线。当父兄猛地转动缠线的骨器时，一只手高举着缠满胡麻毛的线权，另一只同时揉搓着权上的胡麻毛。揉搓时一定要注意技巧，不能过多也不能过少，若遇到一个毛渣就只好用嘴衔住，这样捻出的麻线才粗细匀称。

捻线固然费时，但要在胡麻秆上提取胡麻毛也不是一件容易的事儿。首先要将成熟的胡麻用铡刀剔取头和根，接着均匀地铺在山坡上沤上一个秋季，待胡麻杆沤好后，就放到门前用梿枷或棍棒打碎茎秆，再

用竹竹将麻毛弹化，像一团团棉花，虽没有其白，但絮状更胜一筹。

捻成的毛线团水洗之后就用来打绳或者织口袋。打绳是一个完全手工的作业，用自制的绳车，绕上四股线，根据绳的粗细视每组的线数，以及线的多寡定绳的长短。打绳时，一个人在一端转轱辘，另一个人用破布捋每股线上的杂物，等到四股线拧紧后，另一端的一个人像打辫子一样开始合线，中间的人用一个三杈的物件将四股线撑在一起顺着绳子边拉边退，边退边打。对面的绳车固定在一个长板凳上，那上面要么压一个石板，要么坐上一个小孩。随着绳索的紧缩，板凳就会相向而行，在地面上留下一道深深的擦痕。父亲打绳时，我就是坐在板凳上的那个小孩，像坐在一辆车上，感觉好极了。

织口袋和织布一样有专门的制作机子。村上只有一家有这样的机子。有一年，我的父亲就借来了这台机子织起了口袋。他把毛线分成两份，一份染成蓝色，在织的过程中按照心中想好的图形不时地加上蓝麻线，最后就成了花色的口袋，这条口袋由于做成后没几年生产队就单干了，化肥的骤然兴起，那装化肥的蛇皮袋很快替换了老式口袋，织口袋的手艺也就逐渐淡出了村庄的视线。不光如此，用麻线织成的口袋、门帘、褡裢之类的民间特有的土制品也随之消逝，我想像我家还保存着父亲织就的花口袋这样怀旧的家庭也为数不多了。

常言说，多一门手艺多一条路。正因为父亲会好多种手艺，因此他的人生也就比同龄人丰富得多。虽然在农村，但大凡有靠手艺和技术干的活都少不了父亲：南山上他伐薪烧过炭，北山下的林场里他修剪着果树，扬波河里他看过水磨，红土河里他为队上捏过瓦盆烧过瓦罐，雷家河的油坊里有父亲白天榨油的身影，翟家川的瓜棚里传出父亲夜晚咳嗽声……

别人看场那只对粮食的安全负责，父亲看场还要用洋麦秆打摞顶用麦草给队上缏囤积粮食的转（长且厚的草辫）。即使饲养牲口，父亲有时还要给队上编糖、绾笼头。“艺多不压身”，但会得多了，就干得多，鞭打快牛，就是这个理，父亲一生也正好诠释了民间的这个理。

故乡的民歌

故乡在中国的西北部，一年四季刮着西北风，似乎也就顺理成章，故乡的西北风就是故乡的民歌。

民歌称"风"，古已定论，非我所为，《诗经》中的"国风"就是民歌，十五国风就是十五个地方的民歌集合。诗歌称风可以在《左传》中找到记载，如《隐公五年》："夫舞，所以节八音而行八风。"这里的"八风"就是指上古的原始歌谣，意思是说，民歌由舞蹈和"八音"（指用金、石、丝、竹、瓠、土、革、木八种不同材料制作的乐器所演奏的乐音）来表现。至今，我们沿用着上古的"采风"一词，就是指到民间收集民歌。

民歌之所以称风，与风的属性有关。不同地域的土地特质决定其风的特征，风的特征又决定着当地的生产方式和生活习惯，形成了一种有别于其他地方的风气。如南人食米衣葛，北人吃面穿棉，这种不同的习俗因土地风气不同使然，故为风俗。

风是一种无形的东西，随气流而生，悄然传播，是一种流动的艺术，可以让万物吐翠，也可以让大地苍茫，这是风的特点也是民歌的特征。故乡的民歌就像故乡的西北风朴素醇厚，粗犷率直。

追溯故乡民歌源头，当在《诗经》"秦风"、"豳风"里找到它的身影。"蒹葭苍苍，白露为霜"（《秦风·蒹葭》），"七月流火，九月授衣"（《豳风·七月》），诗中的蒹葭就是故乡随处可见的芦苇，七月流火、九月授衣、白露为霜，正是故乡的时令特征。汉乐府中名篇《陇西

行》，则是一首直接写故乡风情的民歌，其中"请客北堂上，坐客毡氍
毹"一句，十分准确地把故乡好客敬客的风俗表达出来，通篇为我们塑
造了一位"健妇"的形象。《陇西行》后来成了诗人以古题入诗的常用
篇名。

故乡的民歌主要有三种形式，即小曲（又叫小调）、花儿和号子。
小曲多是人们从事不太繁重的劳作时哼唱的歌曲，花儿是男女表达爱慕
之情的山歌，号子则是乡亲们集体劳动时为了步调一致而哼出的一种歌
谣，如夯歌等。

正月里鱼儿水（呀）上飘，

二月里春风渐渐高。

三月里桃杏花打（呀）头开，

四月里杨柳罩路来。

五月的樱桃你（呀）先尝，

六月里麦杏满树黄。

……

这首《十二个月》的小曲是故乡民歌中的代表作。我小时候，乡亲
们一到过年就开始扎狮子，耍社火。灯火社火里有一个重要环节就是摆
花盆，男女小孩手端各种形状的灯笼随着锣鼓的节奏翩翩起舞，到终场
时就会唱几首小曲，其中最好听的就是这首《十二个月》，我也参与其
中，唱得异常卖力。儿童时代的生活插曲，至今让我感动不已，每每空
闲，总会情不自禁地哼唱几句，惹得儿女笑个不停。

花儿是故乡的一种情歌，故乡人不说"唱"而说"绾花儿"。这个
"绾"字活灵活现出青年男女们劳动间歇你唱我对那种喊山歌的生活情
趣。我们村里有一位叫老闷的妇女，她是一位绾花儿的能手。我现在耳
熟能详的几首花儿都是从她那作听来的。如像《白杨树上鹞子窝》：

一

白杨树上鹞子窝，

树叶堵住照不着。

若要照着鹞子窝，

除非霜杀树叶落。

二

鹞子起盘在蓝天，

望来望去眼发酸。

鹞子展翅高不旋，

哥哥你把心放宽。

再比如《只要妹妹应一声》：

一

小花穿着一身白，

好像牡丹刚开来。

牡丹开出半朵花，

把你脸蛋转给咱。

二

我的脸蛋我不转，

要把哥的心愁烂。

百药难治心烂病，

只要妹妹应一声。

花儿大都是七字四句，与小曲不同，男女对唱，借景抒情。歌唱时虽曲调跳进多、音域宽、旋律起伏较大，但高亢、悠远、自由和富有山野风味的旋律，更便于青年男女抒发自己的感情。上文中的"小花"是故乡花儿中少女的泛称。

孩提时，夯的用途很广，生产队里平田整地、修建房屋，夯是必不可少的劳动工具，地基牢实与否，全看的夯的功夫，"夯实"一词就由此而来。

夯歌是由捉夯把的夯把式热蒸现卖、即兴创作的一种劳动号子，它的曲调和鼓舞了一代人的《军民大生产》歌曲基本一致，节奏明快，铿锵有力。下面是一首比较经典的夯歌：

拾了根麻秆钉了杆秤，

咿儿呀仔哟，

心定给了个心不定，

咿儿呀仔哟。

拾了个铲铲打了把镰，

咿儿呀仔哟，

心闲落了个心不闲，

咿儿呀仔哟。

故乡的民歌是故乡的西北风，从高山上刮过，不管千年万年，总带着泥土的腥味，带着沙粒的音质，带着阳光的直白，带着月色的朦胧，带着野草的清新，带着庄稼的麦香，有时像山村姑娘粗糙的手指，有时像牧羊汉子挥舞的鞭子，步履艰难的父老乡亲走在戗脸的风中，望着天高云低的苍凉大野，扯起喉咙喊出一个敢爱敢恨的精神世界。

社会变迁了，环境改善了，信息畅通了，生活富裕了，故乡的男女不再用一首民歌搭起交往的桥梁，不再用一首花儿表达心中的愿望，但故乡的西北风依旧刮着，故乡的民歌也必将像袅袅的炊烟记录着故乡民间曾经的生活情调和日子韵味。保存这些扭结乡恋和情爱的家园心路，无疑是保存着具有无限智慧与永不熄灭的精神灯塔，继续照亮我们的子孙后世。

故乡的山路

路，从字面上看，从足从各，不正是拓印各种足迹的行板；山路，就是在大山深处绵延着一段段记录山民生存的固体历史；而故乡的山路，就是横竖撇捺在黄土高原上终年四季贮存父老乡亲脚印的生命容器。

故乡的山路从村庄开始起步，然后四通八达，故乡成了圆心，每一条放射出去的线段，都是故乡的半径，与故乡的距离永远相等。从山脚下开头的路，顺着山体不断延伸上去，眼看它伸进云端，似乎就要从那里折断了，然而，当我们翻过这座大山，又见它像烟缕一样在山那边逶迤缭绕——仿佛在昭示着人们只要从这山间的一隅出发，翻山越岭、风雨兼程，总会到达生命所渴望的目的地。

故乡的山路全部是黄土路，两旁的青草不停地侵占着路面的空间，各种各样的野花在路边上泼泼辣辣地开放。有人观赏和无人采摘都一样，它们照旧扯起季节的歌喉，唱着岁月的道情。有时路旁的一棵大树成了赶路人渴望的靠背，树下的荫凉成了他们平喘止咳的最好良药。

黄土是最廉价的材料，用黄土铺路也最能留下生存的脚印。虽然西北风终年从山路上刮过，刮走了阴历中的尘埃与落叶，收割了祖祖辈辈艰辛的身影，但是逼仄的崖畔、陡峭的山坡依然可见祖先攀走的行踪，半截青瓦、一方陶片的裸露，让我们聆听到历史与现实的对话。

无论雨天还是雪地，山路上永远镌刻着行人的足迹、动物的蹄印。雨后的山路，泥泞让我们顿感步履的沉重和生存的艰辛，长此以往，山路的曲折教会了我们习惯各种征程上的困境。雪地里起程，你很难成为早行的人，总是踩着前人留下的雪窝，深一脚浅一脚艰难地推进。有时，你可能第一个走在铺满积雪的山路上，但一行梅花抑或竹叶的图案让你又一次落在了觅食的动物之后。莫道君行早，更有早行人。在山路上行走，即使我们能早过与我们友善为邻的鸟兽，也早不过先民的身影。从生命的本义上来讲，坎坷、蜿蜒的山路，其实就是人类生存的悠悠岁月之路。

对于山路，我们有过好多的比喻，比如羊肠小道、蚰蜒小路……这种山路其实是真正的山路可又算不上路。在这条羊群只能排成单队行走的小道，耕地的牲口也要在人牵鞭策下行进。试想，如果把成熟的庄稼从这条小道上搬运到村子里该有多难啊？我曾经到过这样的村庄，二三十户人家蜗居在一个四面避风的山坳里，陡峭的山梁难以开凿出一条像样的山路，他们终年靠人担驴驮运送着田地里成熟的果实。在这个村庄里找不到一辆架子车，只有油光发亮的扁担立在大门过道里叙说着日子蹒跚的命运，只有破旧的木质马勺搁置在阴历的角落里析出汗水的盐花。前几年，乡上的推土机终于为这个村子推出了一条出山的路，三轮车可以"突突"地冒着黑烟吃力地爬上山顶，但好多男人早已带着妻儿老小在外定居打工，低矮破败的院落只有一把铁锁看守家门，几只麻雀在大墙上啄着清冷的日子。

对于山路，我们有过好多的赞叹。昔日的乏驴坡如今成了康庄大道，儿时的羊把式乩现时一条盘山的村路直上云端……对此，我们没有理由不感谢阳光雨露。要致富，先修路。一条条坎坷的小路成了宽阔的大道，一个个平仄的山间小径任农用三轮长驱而入。我曾经转运过麦子的地方多出了一条便道，那个原先只容架子车擦边走过的河坡可以让出租车从容经过，就是那条庄头上通往县城的搓板路已然成了一条油铺公路，故乡的苹果面带丰收的微笑从这儿整装待发。"前头的路黑着哩"，望着眼前黑色的柏油路，我终于明白故乡的农谚无意间说穿了一个事理，道破了村民心中意想不到的天机。

山路的改观，减轻了劳动的艰辛，缩短了思念的距离，丰富了生活的感想，增添了日子的向往。我想，用不了多久，故乡绵长的山路虽然因地理条件的限制无法改变其弯曲的特性，但宽敞、平坦的路面不再是一条细长的苦藤，而是一张从乡亲手中展开的胶卷，摄入了许多山野风情和红红火火的季节场面。

渐去渐远的民间事象

烧木炭

"卖炭翁，伐薪烧炭南山中。满面尘灰烟火色，两鬓苍苍十指黑。"这是唐代诗人白居易新乐府组诗中《卖炭翁》一诗的开头几句，诗中的"炭"就指木炭。在中国，炭有着悠久的历史。由炭与硝石、硫黄按一定比例制成的黑色火药，点燃了中国作为世界文明古国的历史灯草。而使用炭，那更是与生俱来的事。大概从雷殛树木自然形成的木炭那一刻起，我们的祖先就发觉了炭的取暖作用。约到商周时期，先民们自己可以在南山上伐薪烧炭，以御暮寒。于是就有了《周礼·月令》中的"季秋草木黄落，乃伐薪为炭"的记载。

小时候，每逢冬季，父亲总会与他人一道伐薪烧炭南山或北山之上。选择南山还是北山取决于烧炭原料的生长态势。那时候，南北山上都有队上的树林园，里边生长着密密麻麻的白杨树，我们叫它串根白，其木质坚硬，是烧炭的主要材料。但在我们那儿烧炭用的上等原料还要算杏木。杏木烧出的炭不但燃时弥久，而且火头又硬，深得人们喜欢。只是那年头杏树一般都栽在庄前屋后，作为果树种之，成片的杏林在山上竞相生长，那是以后的事了。而有了杏林，就有了封山育林的意识，炭也就不烧了。不烧炭了，队上过年也就给社员不再分木炭了。不过，我的父亲有时与人合作烧些自己喝茶用的木炭。

我记得父亲烧炭时，先把杏木棒锯成一尺左右的木段，然后用背篓背到早已挖好的炭窑里，再在里边填充一些树枝之类的可燃物。一切收拾停当就开始点火，点火是一件十分神圣的事，在这方面讲究的人还要看个烧窑的时辰。在农村大凡与火有关的事都很考究，比如我们把迁新居叫进火，那不但要看个好日子，还要叫上亲房邻居好好庆贺一番。因之，炭窑点火和瓦窑点火一样都得图个吉祥如意，如果不掐指理论一番，一旦出现炭烬瓦生的现象，就会让人悔之晚矣。

点火后，就观察一段时间，待白烟从窑顶上面的烟孔里急促地冒出来，表示木段被点燃了，可以不用烧火了。等到迸出来的烟开始变成蓝色，就赶紧封住烟孔，才能达到黄八成收十成的效果。再过上一两天，估摸被炭化后的木段完全熄火且炭窑里的温度降低后，就可以开窑取炭了。

父亲对烧出的炭非常珍惜，除了年头节下喝茶用些，平素很少用它，甚至把它当做珍贵的礼品送给一些至亲好友。在我的印象中，用木炭火烧出的民间暖锅是天底下最好吃的美味佳肴了。大年初一早上，一家人围着一个木炭火烧得咝咝作响、热气腾腾的暖锅，你一筷子我一勺，你一言来我一语，亲亲热热，和和气气，过着一种民间特有的年关，吃出一个乡村特有的年味。尤其是正月里唱戏奠台，七八个暖锅摆在台口，当炭火燃旺后，肉味伴着葱花辣子的香气弥漫开来，迅速充满整个戏场，惹得一些孩子情不自禁地舔着干巴巴的嘴唇。现在这种暖锅仍作为一种地方小吃在乡村、在县城随时可见，但由于暖锅的质地由砂变铜，木炭火变成了石炭火，再也烧不出那种扑鼻的香味了。

现在人们都讲低碳生活，乡村用木炭的年代那才是真正意义上的低碳生活，虽然那时蓝天白云下的田野上绿色食品的产量不高，但环保指数很高，人与自然非常友善和谐。

父亲早已作古，南山上至今还残存着他当年烧炭留下的炭窑，不时为种田人避着猝不及防的世间风雨。

箍 木 桶

"一个娃娃一尺半，腰里系着个青布带子，人问他干啥去，他说他到清水沟里考试去。"这是一个民间谜语，打一个日常用具。现在的农村孩子说什么也猜不出来，即便你告诉他谜底是木桶也不知所云，因为他从小见到过的桶子质地不是塑料的就是铁的，即便现在市场上兴起的洗脚木桶也与农村打水用的不尽相同。以汲水和盛水为主要功用的木桶，其悄然离去则是二十世纪八十年代后的事情。

箍桶是家乡常见的一种手艺活儿，一般由木匠兼职，桶箍得好的就是匠人。衡量桶箍得好不好唯一的标准就是看盛水漏不漏。如果能箍一个大木桶，我们叫它筲的东西，那才算是一个大匠人。小时候我看到生产队库房里放着一个直径足有一米的大木桶，问其用处，父亲说那是吃大锅饭时队上盛水用的筲。看着那个叫筲的东西，我在想如果把它挑满，得装多少担水，够一庄人做几顿饭？

人类最早盛水用的器皿是瓦缶，在农村至今还流传着"瓦罐不离井口破，只要来的回数多"的谚语。正由于瓦罐来的回数多，它的易碎特性成了人们不得不进行改革的重要理由。于是人们想到了耐摔绊的木头，一个形似瓦罐的木桶就这样产生了，大约在中国的春秋时期。

箍桶是门精细的手工活，要做好一只桶，需要很多道工序。箍桶之前首先要选好木料，然后将材料烘干，烘干后的木板要造型，造型是个比较复杂的环节。要将桶的大小计算好，根据大小算出木板的数量和长宽，除了安装桶梁的两块长板外，其余的都截成长短一样的木板，再用推刨把木板刨成梯形。一些箍桶匠还有意将木板做成笋板形，这样箍成的桶肚子鼓圆，不但好看而且盛水又多。桶底尽可能用一整块厚木板锯成圆形。桶底做好后，就开始用两道箍圈套桶板。箍桶的最后一道工序是在桶底与竖板的缝隙中填充木花或锯末，防止水的渗漏。一只箍好的桶虽然是生活用具，但是也是一件手工制品，木匠的手艺决定了工艺的水平和质量，一只好桶可以使用很多年。

木桶装水的多少虽与桶板有关，但桶板除了桶梁外没有长短之别，一律等高。在现代管理学中经常会读到水桶效应，这是一种对水桶的曲解。事实上，一只水桶要真出现短板，在它没有发生效应之前，就会被人们换掉。因此，许多生活的事理往往被一些人断章取义，有意沦为悖论。

井台是桶的展台也是女人谈天说地的平台。每天清晨，家乡的老井旁挤满了木桶，女人的嘈杂声里有时夹杂着一半句男声，就像岸滩上不知谁蹚过的一个脚印很快被浪涛卷走了。井房坍塌了，轳辘桩也倒了，女人不再一手担着水桶一手提着省力的轳辘来汲水。她们直接扯起井绳就像扯着民歌的蔓儿一样在悠扬古朴的节奏下，扯出一桶清凌凌的井水。一个不大的井口，有时可同时容下五只水桶，虽不是七上八下，但必须掌握好节奏、时值，你上我下或你先我后，否则就会出现拥堵和碰撞现象。

与木桶相伴随的还有一个木制的器具，我们叫它水卡子，是专门用来打水的。它一端连着井绳一端固定着木桶。别看它长短不足一尺，机关简单明了，可是却有四两拨千金的功用。木桶下到井里靠水卡子的重量慢慢沉在水里，就淹满了水。如果没有水卡子，木桶就会一直漂浮在井面上让人束手无策。因此，水卡子的制作很有学问，既不能过轻也不能太重，过轻了完不成木桶下沉的使命，太重不但增加了井绳的负担和吊水的重量，且又显得笨重。在农村，水卡子当以杏木为佳，既有重量又耐摔打，看上去蛮光滑漂亮。

小时候，除了担水用的水桶外，还有尿桶、猪食桶等，这些木质的桶虽然是那时最普通不过的物件，可却十分娇贵。必须放置在阴凉处，让木桶始终保持一定的湿度，否则，它会干涸漏水。"人牢的物牢"，这是一句民间惯用语，说穿了生活的事理。别看一个水桶，只要珍惜它就能用上几十年。在乡村，生活的用具是有生命的，也是有情感的，你对它尊重与爱抚，它就会对你敞开胸怀，奉献全部的至爱与真情。

如今，乡村里原来常见的木质水桶不在了，但那块曾经搁置木桶的青石板依旧在土墙下的角落里阴着，岁月的苔痕清晰可见，让人想起阴历那些潮湿的日子。

扎笤帚

我忽然想起故乡的笤帚来，这个乡村古老的除尘器，洁净了我儿时的岁月日子。有这种迫切的感觉，大概是因为我已经有好多年没有见过它了，不光是在生活的小县城见不到它，就是在老家的亲房邻里也看不到它置于门后角落里那种寂寞孤独的身影，有的只是市场里买的高粱笤帚。虽然早先故乡笤帚的手柄部分没有现在的高粱笤帚长，使用起来人要蹲着身子，比较费力，但是经它扫过的地面非常干净，给人一种十分舒坦的心情。

我所说的故乡的笤帚，其实就是一种糜芒笤帚。它渐去渐远的影子与人们开始少种糜子甚至不种糜子有着密切的联系。糜子在我们那儿叫秋田，耕作工序比较复杂，尤其是它灌浆后招来不少鸟雀的侵害，也就增加了看护环节。即便山里少数人家还种它，但用糜子扎笤帚的人家就更少了。

二十世纪七八十年代，糜芒笤帚在故乡是常见的，用它来扫土炕、土台子尤其好用。不但把灰尘扫得干干净净，而且还对环境污染小。除了扫尘外还可以用它扫面、洗锅，用途广泛。正由于这样，扎笤帚就成了故乡人必须掌握的一门土技术。

小时候，我不止一次看见过父亲扎笤帚的场景。父亲差不多每两三年扎一次笤帚，一次扎十来把，十来把笤帚如果不送人就可以够我们一家人用两三年的。父亲扎笤帚总是在冬季闲月里。我记得好几次都是在下雪的日子，一家人围坐在热炕上，父亲开始扎起笤帚来，原本一面不大的炕，让父亲做活儿的材料占去了好多空间，哥哥、姐姐只好被挤到地下，做起别的活计。

用糜秸扎笤帚，先要选好糜穗。记得每到糜子收获时间，母亲和其他姑婶们就利用割糜子的间歇在糜田中折糜穗，有时就借碾糜子的空闲工夫在场里折糜穗。折糜穗时，她们总是挑选糜芒长秸秆柔韧的折。折成的糜穗捆成小把，在碌碡上摔拌净糜粒，然后捆在一起拿回家挂在柴房的屋顶上，待到闲月里取下来用。

扎笤帚时先用水将糜秸浸泡一段时间，直至完全浸透。这时，坐在土炕上的父亲，腰上绑着一条绳索，绳索的另一端连在一个"T"字型的木棍上。接着，父亲就将"T"字形木棍绑紧固定在双脚上。然后拿出一根线绳，压到绳索下，左手抓起一把儿笤帚苗儿，放在紧绷的绳索上，身子和脚一用劲儿，打个结儿，用手再使劲一勒，笤帚苗儿就跑在了绳索上，然后用线绳捆绑在一起。按同一工序如此反复再绑出四把，一把笤帚就扎好了，这就是绳之以法、"五把一笤"的来历。最后，父亲用菜刀将做好的笤帚把修剪整齐，一把笤帚就做好了。

据说，中国最早的一把笤帚是一个叫少康的夏代人制作的。有一次他看见一只受伤的野鸡拖着身子向前爬，爬过之处的灰尘被擦净了不少。他想，这一定是鸡毛的作用，于是抓来几只野鸡拔下它的翎子制成了第一把笤帚。这种笤帚被称作鸡翎帚，和由此衍生出来的鸡毛掸子到现在还被农家使用。虽然随着民间扎扫帚的技术改进和材料扩展，就有了糜芒、高粱、竹子等各种材料的笤帚、扫帚，但唯有糜芒笤帚像公鸡漂亮的尾巴，永久保留着笤帚源起的古老形象。

在家乡有一种专门用来扎扫帚的草，我们叫它尖尖扫帚，一些地方叫扫帚草，别名地肤，其状呈卵球株形，像城市路边上生长的云杉，高不过1.5米，枝叶细密，鲜嫩翠绿，是一种非常廉价的绿化材料。但我小时候，乡亲们都把长老了的扫帚草割下，捆绑阴干后专门用来扎扫帚。有时还可以扎成小股，当扫炕的笤帚用。扫帚草扎扫帚不像糜芒笤帚不得其领就无法扎得舒展美观，其工序简单，无师自通，只需用一条绳索缚住就行，有时可以在其根部绑一个木棍当扫把。同时，它经济省事，颇受家乡姑婶们的喜爱。那时，我家的后院里是一个树园子，每到春天就会自生七八棵扫帚草，体态匀称，形如坛子，十分惹人喜爱。可惜，现在人们不用它扎扫帚了，它那美丽的身影也就不可能在乡村随处可见了。

　　扫帚草适应性非常强，不但不嫌弃干旱、贫瘠的土壤，不惧怕酷暑炎热的天气，而且落地生根，随遇而安，一次种植，年年稆生新株，繁衍生息，绵延不断。如此，让我想起生活在这里的父老乡亲，他们何尝不是这样的习性与品行呢？

开在童年窗棂上的花

窗花，开在童年窗棂上的花，我已有好多年在故乡没有看到它了。

小时候，窗花和雪花成了年关最好看的两种花，一种白白亮亮，一种红红火火，挂在年的枝头上，浓烈了年味，激情了年景。

故乡人过年就是过春节，打春了，开在民间的第一种花就是窗花。窗花盛开的时节，阴历的日子充满了吉祥如意，农家孩子红扑扑的脸上个个喜气洋洋。

从我记事起，故乡家家户户的墙壁上都安着木制的方格窗子，窗棂有十几眼的，有二三十眼的不等，但都方方正正，十分精致。有些人家的老式窗子十分考究，窗棂上雕刻有线槽和各种花纹，构成一种优美的图案。透过窗子，可以看到外面的不同景观，好似镶在框中挂在墙上的一幅画。平素窗纸破了就用孩子写过的大仿纸补上，过年时必须花些钱买一张白纸糊上，再在每个窗眼里贴上红红绿绿的剪纸，年的气息就一下子蹿来了。这也许就是乡间称剪纸为窗花的缘故。

剪窗花可谓那时姑娘的基本功，和针线茶饭一样必须要在娘家里过关。因为姑娘出嫁前都要用婆家送来的红布亲手缝制枕头，俗称夹红书，枕头两侧的枕顶就是依照剪纸底样刺绣而成的，由此姑娘从小就得学会剪纸，并用剪纸图案缉出各种各样的工艺绣品。有的出嫁时还从娘家带来一些既常用又经典的剪纸底样，经常复制使用。比如，喜鹊登梅、鱼戏莲花、二龙戏珠、龙凤呈祥、狮娃滚绣球等，用谐音寓示着喜上眉梢、连年有余之类的吉庆美好的愿望。

　　剪窗花时一次可以拓着剪几副,贴时一般都是对称着贴,比如在最中间一格贴上一张贯钱图案,相邻的两个窗眼同时贴上一副喜鹊登梅的窗花,这样剪起来省工,贴出来显得对称、美观。

　　后来印刷出来的窗花纸开始在街市流行,一些光阴好的人家就买来贴到窗子上。有一年,我看到人家贴的窗花纸,就用颜料开始自己绘制窗花,虽然没有买的那么好看,也没有母亲动手剪的生动,但省了不少工序,自己为此还沾沾自喜了一段时日。

　　上世纪九十年代开始,农村里兴起建筑热,玻璃门窗成了那时最流行的建筑风格,虽没有古典窗子那样典雅精巧,但开放的时代主题让明亮大方的玻璃窗迅速成了乡亲们追求的时尚范式,竹子图案的窗帘布也取代了木制的窗扇,我的父老乡亲终于从封闭的土屋里走出来,走进窗明几净、宽敞豁亮的砖木结构房子里,从明亮的窗户中看到田园里喜人的景象,迎来山外面一缕缕清新的和风。

　　玻璃的运用省掉了糊窗纸的工序,删去了贴窗花的风俗,也让窗子的造型千篇一律,窗棂文化荡然无存。我不知道这种细节的删改是让民俗的主题在简约中更加美好,还是使原本生动的章节失去了一丝淡雅的乡土韵味?反正它的渐渐消失让我平添了一种缅怀的心情。

　　现在回故乡过年,有时可以在清晨看到另一种窗花,那些大自然浮雕在玻璃窗上的冰霄花,像田园、森林,似丛草、野花,一片窗玻璃就是一幅美妙绝伦的油画,让人浮想联翩,久久不忍移开视线。只是这种窗花见不得阳光,一旦气温回升、太阳照射,就会化作无数颗小水珠从窗玻璃上滚下来,浸湿那木质的窗框。这让我和现时的某些事象联系起来,心中不免产生出一种儿时少有的那种诘问与惆怅的情绪。

　　窗花是一种花,一种开在民间的花,它的根深深地扎在民俗里,差不多千百年的历史了,依旧在我童年时代每一个年关到来时,从家家的窗户上盛开起来,尽情地表达着父老乡亲心中的喜庆与向往。

鸟鸣鸟名

　　故乡的鸟鸣很有个性，故乡的祖辈们就用鸟鸣声为鸟命名。于是，鸟鸣就成了鸟名，就有了闻其声知其名的故乡特有的鸟文化现象。

　　小时候，我听过流传在故乡的一个燕子与蛤蟆比赛算数的故事：燕子与蛤蟆约定谁先数到十上谁就算赢，否则，就要受到惩罚。开始的哨声响后，它们同时数数，当燕子用最快的速度一个不落的从一数到十上时，蛤蟆早已念完了"俩五一十"。就这样，赢了的蛤蟆把燕子的尾巴咬了一口，成了今天的剪刀形。这个故事告诉了我许多生活的道理，这里暂且不谈，单说为何会有这样一个故事呢？原因在于这两个动物的声音恰好是两种点数方式的形象模拟。燕鸣就是一串打叽叽声，而蛤蟆"呱——"的一声可谓言简意赅。鸟多了，鸟的声音总会让人们产生联想。于是，这些叫声十分个性的鸟就有了民间传说，就有了自己叫响自己的名字的故事。

　　谷雨前后，从南飞来了一只鸟，它栖在村头的一棵白杨树上，向村民不停地喊着"报告——"它向民间前来报到，却像一位小学生十分礼貌地在老师门前打着"报告"。第一个发现它的也许是一位老人，他告诉人们这个从未见过的鸟大家以后就叫它"报告"吧。第二年的同一时期，人们发现在大家着手种谷的时候它又来了，如此反复，故乡就有了"报告叫，谷雨到"的农谚。

　　后来，我背着书包上学了，从书本里知道我们叫的"报告"鸟，有的地方叫布谷，有的叫杜鹃。叫布谷，依然是用这种鸟的叫声起名的。

有一种儿时司空见惯的鹁鸪，我们叫它"公公吃酒"，伴随着这个鸟名还有一个不幸的传说。

古时候，有一个刚娶来新媳妇不久的人家来了客人，公公便陪客人在上房里喝酒，婆婆站在一旁听他们逛闲。这时，新媳妇走进来取面。装在老式木柜里的面不多了，新媳妇只好把头伸进柜里，弯下腰开始取。恰在这时，她放了一个屁，婆婆听见后，感觉很赧面，情不自禁地拍着手说："哎，这娃咋弄这活计呢！"

原本羞得不敢从面柜里伸出头的新媳妇，一听婆婆的话，索性拔下头上的簪子刺进自己的脖子里……

新媳妇死后就变成了般般鹁鸪，成天价的在树上叫着："公公吃酒，婆婆拍手。"如果你注意听，这种鸟的啼声还真像那么回事。"公公吃酒"的鸟名就是这样鸣出来的。不过，居住在故乡南边的人们，他们把"公公吃酒"谐音成"姑姑——等"，也就把它叫成"姑姑等"，照样流传着一个与此不同的哀婉故事。

夏季，你如果漫步在村庄的林荫道上，不时会听见一种"梆梆哧"的声音，长期生活在农村的人们听熟了这种声音，就知道是"梆梆哧"在啄树上的虫子，为树木治病。"梆梆哧"，我们又叫它钻木虫，就是书上说的啄木鸟。啄木鸟是从视觉上命名的，"梆梆哧"是从听觉上命名的，两种不同的命名方式道出了最先是人的哪一感官发现这种鸟的存在。先听见的就用声音命名，先看见的就用行为命名，于是，同一种鸟就有了两个不同的名字，就像人的大名和小名一样，小名永远在故乡里叫响。走出故乡，也就走出了小名的领地，"梆梆哧"也就鲜为人知。

秋天到了，向南飞去的大雁"咕噜"、"咕噜"地鸣叫，叫声感染了在田地里低头干活的村民，叫声把蓝天托得很高，淡淡的白云向它们招手。这是从故乡上空经过的最大候鸟，虽然，它只是故乡的匆匆过客，但留给人们的念想很多，记忆很深，就那么几声鸣叫，让民间的岁月显得凝重而深远，秋高气爽，一片收割的田野在大雁的叫声中宁静而致远。如此，在故乡它便有了一个有别于其他雁群的名字——咕噜雁。

有一种鸟总是在故乡的夜间出没，我们叫它夜鸽子，又叫它"咕咕妙"。这种鸟被故乡人视为一种不祥之鸟，因为它发出"咕咕妙"的叫声给人一种凄厉怪异的感觉。记得有一年暑假，我和两位同事一起在学校加班。晚上，我们三人聊着聊着不觉到了深夜。这时，另两位同事与我打赌，如果我敢把喝过的啤酒瓶放到学校最古寂的一个地方，他们明天就给我买一个大西瓜。赌注虽然很小，但从来不信邪的我在他们的怂恿下倒要做出个样子让其刮目相看。

谁知我提着瓶子前脚刚走，他们两人一使眼色就后脚跟来了。我走得很快，一位较胖的同事绕道跟在后面，但由于身体的缘故未能及时爬上一个高埂子而遗失了最佳恐吓的战机，只好躲在埂子下，眼巴巴看着我的身影从古寂的地方走出走到宽阔的操场上，这时他突然灵机一动，从地上捡起一个土块用力向我抛去。土块没有打中我，落在操场上"叭——"一声惊飞了一只夜鸽子，它发出一连串的叫声。夜深人静，一阵"咕咕妙"的阴森声让人浑身顿时发憷。听父辈们说，咕咕妙在谁家院落上一叫唤，谁家一定有晦气，最倒霉的还要死人。这些传言霎时在脑海里一闪，我便加快步伐，同时想着操场上为什么会突然落下土块呢？

当走到教师宿舍的第一个门前，看见准备二次吓我的另一位同事时，我才明白了是怎么一回事。

这是我唯一一次近距离看见夜鸽子的身形，听见咕咕妙的叫声。后来，我查了一些资料，发现夜鸽子学名叫鸱，属猫头鹰一类的飞禽，但不是猫头鹰，猫头鹰，我们都叫它"哼吼"，也是因为它发出"哼——吼"的象声词，故名。还有一种鸟老是"哇——"、"哇——"地叫，我们就叫它"老哇"。老哇就是老鸹，俗称乌鸦，它与咕咕妙、哼吼并称为民间三大不祥之鸟。

除此之外，家乡用鸟鸣为鸟起名的还有一种就是山鸡，它的形体像鸡，叫声"呱啦"、"呱啦"十分好听，人们就像叫咕噜雁一样为它起了个"呱啦鸡"的名字。

　　鸟是靠声音出了名，人是靠名气有了声，"居高声自远"，说的这是这个朴素的道理，声名远播，道出了名与声的辩证关系。于是，"名声"这个十分响亮的词汇，就在民间语文里永远不胫而走，奔走相告。

　　故乡的鸟可谓一啼成名，故乡人也就希望自己的儿女一举成名，一鸣惊人。

乡　音

　　乡音是故乡的语言。无论何时何地，一个人的降临都将笼罩在一种浓郁的乡音中，那些朴实的表情充满期待与喜悦，那些似懂非懂的语言饱含着真诚与祝福。于是，乡音就以一种不可抗力为我们打上鲜明的胎记，出生就注定与乡音共存，在乡音中启蒙，在乡音中成长，乡音成了我们与母亲相知，与乡亲共鸣，与同伴交流，与外界对话的情感导体。

　　乡音是母语。当我们第一次接触乡音时，是母亲的亲昵与呼唤，是母亲的"好娃娃，睡觉觉，睡着醒来要馍馍"的摇篮曲，让我们感受到乡音的甜美。那些说起来费劲听起来动听的乡音，在母亲的一遍遍矫正与鼓励下，一个呀呀学语、点点学步的孩子终于能用流利的母语表达自己心中的梦想，用稳当的脚步丈量人生的里程。

　　正因为乡音来自母体，她有着母爱那样博大而无私的胸襟。她宽容，允许一些杂草在地畔郁郁葱葱地走过；她善良，默许一些鸟雀在院内叽叽喳喳地落脚。正因为乡音来自母土，也就有了土话的称呼，像土得掉渣渣的土坷瘩，只要打成土墙，就足以遮挡岁月的风雨；只要盖成土屋，就照样保鲜纯朴的民俗；只要盘成土炕，就长久温暖童年的脚丫；只要铺成土路，就永远绵长乡情的思绪。

　　乡村离不开土地，夹杂着泥土味道的话就是土话，就是让人一见如故的乡音，她带着庄稼地里的气息，说起来土里土气，听起来绘声绘色，像山坡卯梁，亘古不变；像小河涧溪，源远流长；像田野里的五谷杂粮，表达着憨实的思想；像村庄里的旱柳洋槐，守望着四季的阳光；

像屋顶上的晨夕炊烟，固执地传唱着生命的弦歌。

乡音是土话，话土理端。许多农谚口口相传，成了正月十五的灯盏，点亮人们的心房，照亮脚下漆黑的路面，让所有带着牵挂上路的乡亲在磕磕绊绊的人生道上走出坚强，走出稳健。

乡音是土话，话土情真。许多俗语扎根心间，成了清明的雨丝，淋湿风的羽毛，让缅怀的鸟归巢，乡音无改鬓毛衰，只为了那个魂牵梦绕的故土情怀。

乡音是土话，土话不土，是故乡唱不倦的秦腔，粗犷有力，吼出一个敢爱敢恨的精神世界；是乡村开不败的花朵，亲亲热热，灿烂出一片和谐共融的田园景色。

乡音是土话，土话是根，是一张打着故乡烙印的身份证，一朵永不褪色的山里白云，无论你身在何处、身居何职，当你被一种久违的乡音打动时，回过头看着那个操着熟悉口音的乡亲，想到的不仅是亲切，更是责任，一种保持乡音本色的操守。

乡音是方言，这个"方"是地方的"方"。一方水土养一方人，更滋养一方特质的地方语言。虽然一些方言无法用声形兼备的汉字来记录，但长期吊在父辈们嘴边的话，压在他们舌根下面的意思，让心领神会的儿女有了生命的劲头、生活的念想、生存的气质。

乡音是方言，这个"方"是方形的"方"。没有规矩，难成方圆。是方就要中矩，矩是一种固定的风俗习惯，是一种薪火相传的人文精神，是一种棱角突显、个性鲜明的地域特征，是一种不易滚动、朴素凝重的民间重器，虽不一言九鼎，也可落地有声，把泥土硬生生砸出一个坑。

乡音是方言，方言与普通话是一对亲兄热弟，注定难舍难分，出门在外，普通话是手中的车票、船票，是一张便利的通行证，而怀揣的方言，是我们跳动的心、思念的情，是一张永不过期的故乡门票。

守望乡音，就是守望我们的根。

乡村货郎儿

货郎担挑着艰难，拨浪鼓摇响梦幻，走村串乡的小贩。黄昏后、人影远，挥不去往事如烟。

这是我用《货郎儿》的曲牌作的一首曲。元代以来，往来于城乡贩卖日用杂物和儿童玩具的挑担小贩，称为货郎儿。他们沿途走村串户摇鼓喊唱着物品的名称以招徕顾客，其所唱的腔调不断被加工最后定型成一种固定的曲牌名——《货郎儿》。

从李嵩绢本水墨《货郎图》可以看出，货郎儿的职业可上溯到宋朝，渐渐消逝于二十世纪的八十年代，在历史长河上至少绵延了八百多个春秋。在我的家乡流传着一个《笤帚精买头花》的民间故事。说的是有一天中午，一位货郎儿来到了一户人家的门上，叫卖声引出一位年轻的媳妇。她从货郎箱里精心挑选了两朵花，插在自己的头顶上。之后，她对货郎儿说自己没带钱，让她进屋去取，一会就出来。点头同意的货郎儿左等右等等了差不多一个时辰，仍不见踪影，就只好进门去向主人讨要。主人是一位上了年纪的老太太，她说家里就她一个孤老婆子，没有别人。货郎儿坚持说，自己明明看见一位年轻俊俏的媳妇从这个门出来又从这个门里进去了。老太太拗不过他，就让他自己在各屋里找。找了约摸一袋烟的工夫，人倒是没有找着，却在厨房风匣板上的一把老笤帚上看到了自己的两朵花插在上面。老太太取下了花还给了货郎儿，顺手拿起了切菜刀对着老笤帚就是一刀。笤帚被剁成两半的同时，溅起了几点黑血。货郎便明白了一切，赶紧挑起货担离开了村子。这个故事很有些年成，也就说明以流动方式经营小商品的货郎儿其从业历史很长了。

"头发换针换线换颜色喽——"这是二十世纪七十年代山村最吸引人注目的货郎儿叫卖声，伴随着一串串清脆的拨浪鼓声呛嘟呛嘟起来，是我孩提时听过的最具磁性的声音，霎时间就会粘住一群灰头土脸的孩子把个货郎箱围得个水泄不通。货郎儿是那时山村里一道迷人的风景：一位淳厚朴实带着外地口音的中年汉子，宽厚有力的肩膀挑着一根油光发亮的扁担，两个特制的货郎箱里盛满各式各样的小百货，手里不停地摇着拨浪鼓，每隔一段时间就会吆喝出一句节奏感强调子优美的广告词。

我小时候看到的货郎儿大都来自离我们这儿不远的秦安县，我们就叫他秦安货郎儿。秦安货郎儿一般都穿着一双麻鞋，戴着一顶草帽，挑着一副很讲究的货郎担。说讲究，是因为一头是一个木箱，大木箱上架着一个小木箱，小木箱又做成若干个小方格，把最耀眼的东西放在小方格里，诸如五色糖、发卡、纽扣、彩色丝线、小皮球等，上面盖着一层玻璃做成的箱盖，让人一目了然；另一头是一个竹筐，筐里放着一些日杂用品以及收来的头发之类的东西。有些货郎儿的木箱黑漆斑驳，很有几分成色，那一定是祖上传下来的。

儿时，每个大队虽有一个我们叫做代销点的商店，但货郎儿的行当却颇为盛行。究其原因，我想主要是货郎儿过早地将现代销售理念带进了偏僻闭塞的农村，开放搞活，才深受村民欢迎。货郎进村入户，体现了"送货上门"的现代经营理念。那时，生产队上的农活比较忙，上工收工都由队长决定，都有时间限制，不像现在那么自由。于是货郎儿就选择中午、傍晚时分在村头摆起摊点，吆喝叫卖，这样就不耽误妇女儿童上工上学了。更重要的是货郎儿总会带来上次一些妇女的叮嘱，比如她们急需的针头线脑，这种相当于现在期货交易的方式，十分讨得妇女儿童的欢心。记得，我的堂姑就曾在一位货郎儿那儿预订了一个钩针，那位货郎下一次来时就给她带上了。这件事就让我们对这位货郎儿信任起来，每次来时总愿意买他的货。

喜欢货郎儿是因为货郎儿的货可以自由挑选，像如今的超市一样，同一种物品，任你选择，你喜欢那一件就买那一件，不像公家的商店，你买什么都是售货员给你拿什么，爱买就买，不买拉倒，根本不容你分辩，更别说让你随意挑拣了。因为，售货员是当时乡村最吃香也最牛气的一类吃公家饭的人。我那时也曾不止一次踮起脚跟，够着高高的柜台，忍受着售货员爱理不理的傲慢神态。更可贵的是货郎儿的货没钱买也可以拿上看看，比如，一个花花绿绿的小皮球，在我们几个光腚子伙伴手上传来传去，你看看，他摸摸，爱不释手，直到货郎儿收拾走时才恋恋不舍地还给了他。这时，货郎儿也会和颜悦色地对我们说："娃仔，我走了！回去好好攒头发，等攒够了，叔叔就便宜卖给你。"我们听后，就像吃了一个五色糖粒一样心里甜甜的。货郎说的"便宜"是有根据的，我曾多次看见买东西的乡亲，再也拿不出一两分钱时，货郎儿也就爽快地将货卖给他们。这是我第一次知道商品可以讨价也可少价，不是一成不变的，而公家商店里的货你少一分钱都买不来。货郎儿的这种做法满足了购买者的心理需要，过早地体现了现代市场经济的消费理念。比如买菜，卖者与买者之间的距离其实只是平秤与旺秤之间那么点角度，而这点角度恰恰就是一种心理坡度。其实只需要将一个小西红柿换成一个稍大一点的，秤就扬起来了，扬起的秤杆就会让买家满心欢喜。可是现实中总会出现这样那样的心理门槛，谁的门槛低谁就会吸引顾客占领市场，这就有了公家的商店缘何一夜间从故乡小镇里解体的现象。

货郎儿进村后总要吆喝那句"头发换针换线换颜色喽！"这句话本身就是一句吸引人的语言，含着一种公平交易、各取所需的经商理念。于是，妇女儿童蜂拥而来，用手中的头发换取各种各样的东西。有一次，我随母亲去换颜色，货郎的颜料是装在几个大小一致的玻璃瓶里，每个里边有一小勺。货郎就用小勺为母亲取颜色，一小勺颜色颗粒倒在纸上熠熠生辉，非常好看，母亲就用这些青蓝颜料为我们煮染四季衣裳。

　　进入二十世纪九十年代，货郎渐渐从我们的视线中消逝了，但灌制在脑海里的那句"头发换针换线换颜色喽"，成了岁月的老唱片，时不时让记忆的针头划响，让我重温民间特有的那种朴素的交易风情。

心中的自留地

回到故乡，又见那熟悉的土地，赤橙黄绿青蓝紫，七彩斑斓，像一幅自然天成的油画，增添了人们无穷的遐想；又像一本小学生的生字本，蕴藏着童年的梦幻，岁月的橡皮虽然擦掉了农业的细节，但擦不净留在心灵深处的痕迹，总有一些事情会让记忆重温。

自留地是二十世纪六七十年代最有时代特色的一个词。没有经历过农业集体化岁月风雨吹打过的人，无法感知社员对自留地拥有的那份特殊情感。

我从记事起，满山遍亩的地都是生产队的，只有庄前屋后或离庄较近的一小坨地，属于社员自家的，就叫自留地。自留地不是社员自己将土地充公时预留的一块地，而是由生产队根据每户的人口多少重新分配给社员的。在我的印象中，我家的自留地做过三次调整，最早分到的一块自留地虽只有五分，但却是离家最近的一块川地。

在这块地里，我们想种什么就种什么，完全按照自己的意愿。记得有一年我的父亲在这块地里种上旱稻子，全家人一有时间就在地里侍弄。庄稼不亏人，那一年旱稻子获得了大丰收，青黄不接的时分，我家的锅里有放的，灶膛里也有烧的。家家户户精耕细作的自留地，总会比队上的任何一块地都多打粮食，村民们就是靠它垫补着空虚的家底，维系着苦调的生计。

大河里无水小河里干，遇到队上的粮食大面积减产，自留地里的庄稼长势再好，也只是杯水车薪，解决不了大问题，孩提时代那些挨饿受冻的日子也就司空见惯了，而留给我刻骨铭心的记忆恰恰不是这些冰冷的日子，而是这些日子背后人们积极向上的心态与勤劳俭朴的田园精神。

那时，家里的粪土都要充公，自留地里的土肥就靠村民自己寻找。每年十冬腊月，我爷爷天不亮起来的第一件事就是到外面转着拾粪，大路上、河湾里、荒地里都留下了他踩过浓霜的脚印。筐子拾满了，他将粪压在自家的自留地里后，才心满意足地回家了。爷爷的勤劳，让他家的那块自留地每年不论种什么，都会长出让众人嫉妒的庄稼。我也跟着沾了不少光，时不时从奶奶的手中接过一颗煮熟的洋芋、一小块玉米馍馍，有时甚至是一碗稠稠的洋芋面片。这便是亲情。亲情往往是不需回报的，但却让人感念一生。

大约到七十年代后期，自留地的面积有所扩大。我家在南山上分到了一整块自留地，差不多有一亩三分地。此一亩三分地非彼一亩三分地，它虽与清朝皇帝在中南海"演试亲耕"的那块土地不能同日而语，但由此渗洇开来的意思是相同的。

我出外读书的第二年，也就是1980年，家乡开始实行家庭联产承包制，生产队上的所有土地都在一条绳索的丈量下、一根木橛的分界下全部回到了乡亲们的手中。不过，重新分回来的土地不叫自留地，而叫责任田，父老乡亲的心中从此便多了一分耕耘的责任，也就有一分收获的喜悦。

我由于户口转出去了，就没有分到责任田，但家里那块至今春种秋收的自留地永远有我的份额。于是，我就永远成了一个叫黄家坡的村庄上的主人。那块地也就永远成了我心中的自留地，保留着我的乳名、我的童趣以及收获着我对故乡的眷恋与关切。每当我看到村子里多了一块荒芜的土地，我就想起村民们寸土必争的情景，为了一个地交界悍然发动一场战争；每当我看到村子里出现一座挂锁的院落，我就想起乡亲们借面借盐的往事，一分钱难倒英雄汉……日子富裕了，世事繁华了，精神的台阶高了，愿望的翅膀硬了，但土地永远是农人的命根子，丢掉命根，不再守望麦田，生存的根到底能扎多久能扎多深？这也许不只是我一个人值得深思的问题。

无论"自留地"还是"一亩三分地"早已失去历史赋予它的本义，而作为一种概念的词汇却自然地保存下来，能保存下来就足以说明人与社会需要这个概念的内涵和外延。比如一个人无论他的境界有多高，心中总会有一块属于自己的土地，一块不愿让人分享的自留地，他可以在这块地里随心所欲种上心事，种上秘密，种上梦想……在一个人的岁月里生长成熟，收获一份不肯外露的心情。

社会也如此，只有宽容一块自留地的存在，才能有一大片美好幸福的生活家园；只有人人种好自己的一亩三分地，社会这片热土才会和谐共融、生机蓬勃。

乡村过事

在农村，嫁女儿、娶媳妇、过满月、贺寿、抬埋老人、烧三年纸、进新院，统称为红白喜事，也是一生中的几件大事，大事再穷也要过，于是，有了过事的说法。

过事过着一种氛围。

之所以把婚丧喜庆称为红白事，是因为首先冲击视觉的是一种色彩效果。红事上以红对联、红囍字、红灯笼、红盖头等营造出喜庆的气氛，白事上以白丧服、白对子、素车白马烘托一种悲凉的情景。其次是红白事上请来的吹响，吹打出两种截然不同的乐曲，红事上给人以大红大紫的色调，白事上吹打出催人泪下的苦音。

过事，红事上讲究热闹。宾客进门，鞭炮阵阵，坐席喝酒，猜拳行令，图个欢快的气氛。白事上过事，凄凉了许多。亲戚朋友到了，吹响（礼乐手）吹出一段迎宾曲，孝子便哭声四起，在年长者好一番拦劝后，哀声渐息。这时，总管就将亲戚安顿到席口，吃个简单的便饭，即使有酒，也只能喝哑酒。虽然过白事，照样人头攒动，气势不小，但看每个人一副愁眉苦脸的样子，一种沉闷凝重的气氛就沛然而生。

气氛是最能感染人的。喜庆的场面大家都兴高采烈，你也就放开了手脚，多喝了几盅酒，面若桃花，话也就多了，即使把主人数落几句，主人依旧笑脸相迎，不会计较。过事主人最怕过出事来，息事宁人，是主人维护好这个喜庆气氛的最好操守。白事上大家不苟言笑，肃穆静默，就是有几个好事者置身其中，也会夹着尾巴做人。他们知道谁家没有个七灾八难，小不忍则乱大谋。因此，他们夹在送葬队伍之中，十分用心地干着总管吩咐的活计。

过事过着一种人气。

常言说，备席容易请客难。过事不是怕预计的亲朋没有来，就是怕没有预当的好友却来了。因此，过事有如过关，要让事情过得如意顺劲，不是一件容易的事。但容易不容易都得过，有此想法的人，把过事看作事的本身来过，人多人少一个样。有些人把过事看作一种平台，在这个平台上夸夸排场，亮亮富相。诚然，人越多事过得越大脸上就越有光。事后，当有人问及事过得大不大？"不大，过了三百多人！"一种喜形于色的表情，让人洞察出他几分得意、几分矜持的心思。

不论你做事低调还是喜欢张扬，总之，过事是过着个人气，没人，事就过不成。于是，你就得提前谋划。吃饭穿衣量家道，光阴好的就多请人，家道一般的就少张罗，该请的请了，该通知的就打声招呼，其他的亲戚就打哑，必要时放出拦当的风声，否则，亲戚知道了会起心事的。无论你的事过得大与小，唯一不能挡在门外的是庄间人。尤其是烧三年纸庄间人被视为房下，必须挨门逐户磕头去请，因为人殁了时他们帮了大忙，三年纸就要犒劳一下。因此，在我们那儿流行着这样一句俗语，"官大一品，不灭父老乡亲。"说的是你家里出了再大的官儿，也大不过父老乡亲，过事一定要给父老乡亲通知一声。说的也是，只要庄间人帮个人场，过事儿也就有个过头，人气也就旺着呢。

农村人过事送礼叫行人情，比较简单，官亲戚的标准一致。红事上采取自愿，人来了就行个情，人不来替人捎个情也行，万一不来不捎主家也不会说什么的。白事上即使你没来，属于你的一份情要摊上，谁家的亲戚谁先垫上，这叫破股子。破股子其实也是凝聚着一种人气，让你永远不要忘记骨肉之情，血脉之源。

农村人过事，说穿了是一种礼尚往来，人活一世，彼此相居，谁家没有个婚丧喜庆的事，今年你来，明年我往，互相帮衬，彼此照应，定个人情标准，谁家都一样，也就没人计较礼多情薄了。不过城里过事就大不相同，该行的情要行，不该行的情碍着情面也要行，而且标准很高，这就让人颇感为难。从古到今，也许如此，要不然清朝诗人杨静亭就不会写下《知单》这首诗："居家不易是长安，俭约持躬稍自宽；最怕人情红白事，知单一到便为难。"

过事过着一种心情。

给女儿、引媳妇这些婚嫁之事由父母操办，办得风光与否，不但体现了做大人的一种责任，更表达出一种对儿女的关爱之情。男大当婚，女大当嫁，这是农村的一种成人仪式，所以，不但要过事，而且还要过得洋洋气气，只要儿女心里高兴、老人脸上有光、亲戚邻人称赞，做父母的也就心满意足了。

早先，老人上了六十就开始祝寿，一般遇五逢十要过事。现在生活好了，老人的寿路也长了。农村人到七十岁，儿女就开始为他们过生日，一旦活到八十岁，事儿就要大过一场。过生日其实是做儿女的为老人表着一种孝心。不过孝心与否，不在过不过生日，关键看平时赡养得如何。有些人平时对老人不怎么样关心，借个贺八十的机会显摆一番，人前图个好名声，花几个钱是小事，他们心里想要的就是给亲朋好友留下一个孝顺老人的好印象。

抬埋老人，事过得大和祝寿的心情一样也不一样。说一样，就是为老人禀最后一份孝心，所以要办得体体面面；说不一样，就是花些钱弥补自己对老人生前存在的一丝悔心。人死如灯灭。活着的时候不孝顺，死后大操大办，这种薄赡厚葬、生苦死荣的做法，不是给亡人乘势，而是给活着的人造势，让他们从中看到自己的慈心孝行。于是，农村就有这样一句规劝的话："放着活佛不敬，去敬死神。"说的不是没有道理的。

至于小孩满月、进新院等相比上边的事儿就过得小一些，无论大小，依旧要过出一团和气、皆大欢喜的好心情。

父辈的旱烟锅

烟锅，它的标准称呼应该是烟斗，旱烟锅，就是吸食旱烟草的烟斗，我们那儿通常叫做旱烟瓶，那是相对于水烟瓶来命名的。

水烟瓶是一种烟具，由瓶头、瓶身、烟盒、水罐以及附件几部分构成，材质一般为黄铜、白铜，也有青铜的，上面还雕刻着花纹图案。吃水烟时，先在水罐中装入适量的水，同时把水烟块用热水浸湿，先揉好后再撕开装入烟盒，点燃煤油灯，一手握上水烟瓶，一手揉上蚕豆大的一团烟丝放入瓶头中，然后用事先准备好的木纤点燃烟丝，鼓圆腮帮子，憋足长长的一口气，吸得水烟瓶内的水咕咚、咚、咚……发出一阵急促而欢快的响声，口里吐出一股浓浓的青烟。如此反复几次，方肯作罢，观之，其神若醉，其状若仙，惬意无比。

水烟瓶身价昂贵，一般人家置办不起，只好用羊干拐自制一把抽水烟的家当，我们称其为"干炉儿"。干炉儿把水烟当做旱烟抽，让烟在无水的通道中行进，故名。

说起旱烟瓶，先得说上两个民间谜语猜猜："一个木娃娃，人来先爬下"，"一个铁擀杖，人来先撼上（方言，'拿上'之意）"。前一个是"炕桌"，后一个是"旱烟瓶"。这两个谜语不但记录了旱烟锅的形状与作用，更重要的是谜面上还包含着故乡的一种民俗礼数。客人来了，先请其上炕入座，接着放上炕桌，摆上烟盒、火柴之类的东西，继而将旱烟瓶双手递给客人，然后再端来三条腿的火盆，支起茶架，给客人熬起罐罐茶。因此，家乡招待客人是先烟后茶，烟锅成了待客之器，无论家里有无抽烟人，旱烟锅是必备之物。一般尺许，短的五六寸，长的二三尺，竹、木、铁、铜之杆，一边装上白铁、黄铜之烟锅头，一边镶上玉石、玛瑙之烟嘴，中间吊着一个手工刺绣的烟袋，再缀上一些小挂件，像一件工艺品，十分惹眼。

抽旱烟最潇洒的是装烟、对火、磕灰、别烟锅四个细节性的动作。

亲戚来访、乡亲串门、劳动间歇、心烦意乱，父辈们就会掏出烟锅，左手攥着烟袋，右手让烟锅一头扎入烟袋中，左手垫着烟锅头，只需烟杆一转，一锅烟就装瓷实了。点烟时要一边点火一边用嘴吸，火借吸力就点着了烟。长烟锅嘴子离烟锅头太远，顾了点火顾不了吸烟，一般是对着油灯或其他固定的火源来点烟，有时需要人帮着装烟点火，因而噙着长烟锅的人多半家道殷实，妻贤子孝，日子过得比较滋润。

旱烟锅的长短、质地以及挂件的不同，让它成了一种穷富的标志和身份的象征，而这些元件并不影响它作为人们日常生活中交往的最好道具。乡下人赶集看戏、出门在外，见了生人想搭个话、问个路、打听个事或结交个伴，就得找个借口，有了旱烟锅就方便多了，凑上前去，烟锅一伸，"老哥，对个火！"这就搭上话了。抽烟者烟锅对着烟锅互相吸着，火星忽闪忽闪，心情就豁亮了许多；未抽烟者就会从口袋中掏出火柴之类的为对方划火点烟，这一切都显得朴实得体、情景自然。当两个通过对火搭上话的人在你来我往互敬互让中抽完了一两锅烟的话，就已经炒面捏娃呢——成了熟人。现在的"对火"一词语出于此，本义就是使两个东西配合或接触的意思，引申为接上头，联系上，合在一起。不过在我的家乡还有男女相爱之意，究其理就是由两个烟锅头碰头、口对口形象的动作生发出来，甚至我们那儿把亲嘴称"对个火"，更觉恰切形象、生动传神。

一锅烟抽完后，就借着炕桌的硬度梆梆几响，烟灰渣就被磕出来了。如果在室外一般就着鞋底磕几下，再用布鞋底将灰渣研磨一番。然后将烟锅往腰间一别，干活的开始干活，上路的开始上路；若烟锅比较长的一般是插在后衣领里，插时从后领处塞进脖子里，烟锅头要齐耳露在领边，由于烟瓶上拴着袋子，烟嘴在衣服里，袋子在衣服外，因而烟锅既掉不进去也掉不出来，干活走路没有一点影响：这两种方式渐渐成了父辈们当时的一种代表性的着装打扮，也就成了一种标志性文化。就像烟斗成了男士的专用成了西方男厕的标志一样，旱烟锅曾经成了西部农民的一种标志性符号，在小说里，在影视中，在绘画上，要刻画一位西部农民尤其是一位老人的形象，几乎少不了旱烟锅的元素，如果少了它这件作品似乎给人一种缺憾的艺术。

纸张的富余让人们开始简化抽烟的工具，在一绺草纸上撒上烟丝，滋溜几下一棒旱烟就卷成了，这无形中省略了携带烟瓶的麻烦；生活的富裕让人们开始选择烟草的材料，花几块钱在商店里买一盒纸烟，既减少了种植烟草的劳作之役和加工之苦，又可以用一种抽纸烟的姿势进入社会的交往层面，融入时代生活。

无论旱烟锅还是水烟瓶以及那种把水烟当旱烟吸的干炉儿，它们一个个从乡村烟文化中退出，昔日随处可见的生活用品，现在很难看见。我不是对它们的隐退与撤离产生留恋，实在是难以忘记这些东西带给我们的许多美好的故事。我至今还对一件事感到懊悔，那就是我上中学的前一天，由于缴不起书费我将父亲的一把铜烟瓶偷偷卖掉了。我记得那个铜烟瓶一尺来长，铜烟锅、铜烟杆、铜烟嘴，全身黄铜，金光灿灿，非常好看。父亲知道后虽然没说什么，可我从他的脸上明显读出一种无奈的表情。正是这种神情让我记住了这件小事。如果我们记住生活中的一个细节或一件小事，就说明我们的心灵里永远生长着一种情绪，也许是良知的析出，也许是道德的反省，反正它抑制或调节着我们的生命情感，让人生更成熟，让心灵更美好。

直击故乡的诘问

　　这是一个极普通的村庄，坐落在老堡子掌梁下，面朝南塬，春暖花开。一条干涸的小河在川畔下冲刷出宽阔的河床，河滩上的青草掩埋牲口的蹄印。一些北方常见的树木风雨四季都向村庄方向靠拢，只有公路下面的一片果园正在向外拓展生存的空间。玉米、小麦、洋芋这些司空见惯的农作物渐渐从村庄周围消逝，开始隐匿在山里。路旁的农用车、门前的牛、院内的鸡、树上的鸟、腰间的手机……成了故乡熟悉而又新鲜的声音结构。

　　这是一个有名有姓的村庄，她的名字叫黄家坡。掰指计算，这儿有五十一户人家、四百多口人丁，男女老少，共同构成了一个黄姓的大户人家。虽然，他们是由三个黄姓家族组成的，如果再上溯一百多年，他们供奉先人的香案就只有一个了，因为其中的两个家族原本是一脉上的两个分支。翻开当地的方志，黄家坡作为村名有案可稽始于清朝，由此我可以作出这样的判断：我们这源于一脉的两个家族大约明朝时期，迁居静宁。而另一个黄姓家族据说是清朝时期从通渭的黄家窑迁徙而来。不管怎么，这个村庄的人都把自己的姓读作"hang"，归根结底，他们来自同一个郡望，源于嬴姓，以古黄国为姓。

　　据说，全国有五百三十五万个自然村落，我的家乡黄家坡就是其中之一。对于整个国家而言，一个五百三十五万分之一的份额，无疑是沧海一粟，但对我来说，家乡占据了我心中百分之百的硬盘位置，无法卸载的乡情在岁月的深度推进中，减缓了时光运行的速度，让生命的灵魂得以永久安放。

我常对自己做出这样的诘问：故乡，我拿什么去回报？每次出外，总会在名人故里驻足观光。看到络绎不绝的人群集聚这里，带来经济效益的同时也带来文化信息，我常会做这样的反思：同是一个自然村落，甚至有些村庄山大沟深自然条件远比故乡差，就因为有了名人而有了名气，有了名气而带动一方经济发展，使山区的居住环境得到了很好的改善。子荣母贵，说穿了一个事理。可是，我却不能让我的故乡因我而大富大贵。

搞写作也有些年成了，依旧平平。没能让人们像读鲁迅的《故乡》一样记住绍兴，去寻找少年闰土的形象，像读沈从文的《边城》一样记住凤凰古城，去追寻现实中的茶峒小镇。我很努力地用我笨拙的笔书写故乡的风土人情，虽在一些报刊上叙说过故乡那些动人的"事儿"，但那只是卖火柴女孩手中划亮的火柴，一闪即逝，却不能像莫言，在家乡这口深井里"挖"出《红高粱》《高粱酒》《高粱殡》等红高粱家族的系列小说，让山东高密赢得了"红高粱之乡"的美誉，开始做起"东北乡红高粱"的文化品牌。

在一个小县城的行政部门工作了多年，好多事情从眼前经过，我总要追问一下自己：为什么我不能呢？比如，有人给自己的家乡修筑了一条公路，有人在自己回乡省亲必经的河道上建造了一座大桥，有人投资修建了自己曾经念过书的学校，也有人利用手中的权力优先让自己的故园成了现代版的第一个新农村……对此，我不认为这是假公济私，恰恰是一个人诚实的真实反映。相比那些中饱私囊贪污腐化的官僚们，这种情感率真的表现，反倒让人觉得可亲可敬。只要把钱花在有用的地方，在哪儿搞建设都一样，"普天之下，莫非王土，率土之滨，莫非王臣"，何况让一些人先富起来是改革开放政策所允许的。只是面对家乡父老善意的询问我无言以对。

记得有一次，家乡的村小学与同乡的几所小学争取一个校舍改建项目。村支书跑来找我，那是一个深秋的早晨，天气很冷，他为了赶时间骑着摩托车一大清早就叫开了我的门。支书穿着一件老式军大衣，棉裤上又套着套子，臃肿不堪，尤其是他哈出的热气让两鬓结满了冰霜，看到他这种状态，顿觉一股冷风钻心而痛。说明来意后，我被他的精神所鼓舞，决定找人试一试。那个项目最终还是泡汤了，不过后来还是给了家乡小学一栋校舍的维修项目。我想，这虽与家乡父老的最初设想差距甚远，但总算对支书的寒风之行有一个交代。长期生活在山里的乡亲，他们的愿望很低，见蜜就甜，更懂得凡笑比哭强的俗理，虽则只修了一排教室，他们却已经感恩戴德了，念念不忘上面的政策好。如今，我家乡的小学早已旧貌换新颜，但不是我的功劳，是国家义务教育的阳光普照了这所农村小学。

前不久我给家里拉了一车炭，狭窄的巷子无法让卡车通过，我只能和家人一起用架子车一车一车地往家里转运。一路走过，看到一些经过旧村改造项目实施的村庄，四通八达的水泥路面直通每一户平常百姓的门口。我在想，在我无力让家乡提前结束"晴天一身土，雨中两腿泥"的情况下，还要等到什么时候这项惠民工程才能轮到梓里、惠及亲人呢？每次回家，串亲访邻，漆黑的夜晚让人走在巷子里，不得不感慨生活：自我出生以来，我的乡亲已经走了四十多年的漆黑夜路，何时才能走出头？为什么就没有一盏像月亮一样无私的路灯照亮他们忙碌的身影？对此，我想到了诗人雪莱的一句诗：冬天来了，春天还会远吗？有时我在想，国家是不是能紧缩民众个人的各种补助款，而把有限的资金用于基础设施建设和公共事业的发展上来，不就应了一句"好钢用在刀刃上"的民间农谚吗？

检讨了自己，我顿时明白，我只是一个普通人，一个普通人只要看好自己的门，走好自己的路，做好自己的事，让自己的慈心善行感染自己的儿女，感动自己的亲友，那就是对故乡最好的回报，因为故乡是一位最有尊严的老人，她永远不希望自己的儿女干出一些让自己脸上无光、心中蒙羞的事。

故乡的皮影戏

当电视的骤然兴起，一直成为父老乡亲精神领域里不可缺少的老戏与电影逐渐淡出乡村的舞台，唯有皮影戏像早晨落得最迟的一颗星宿，依旧闪烁着生命的亮光。

每年的清明节过后，我们村上都要唱神戏。唱神戏就是给庙上供奉的大娘娘搞点文化生活。听老辈人说大娘娘喜欢看皮影戏，各社的会长按人丁数到每家收点钱，皮影戏也就每年在我们村里上演一次。崖上我二爸的皮影班子就会这时从外地赶来，在这儿唱上四晚上，又去赶赴下一个庙会。我二爸后半生一直在外唱皮影戏，每年从正月份出去一直到腊月腊回来。挣钱不多，就图个爱家子。他虽然不是箱主，但却是戏班里的顶梁柱，每场他都是边打锣鼓边给戏中的所有旦角配音。他的音色很好，常常让人以假乱真。有些听戏听入迷的人以为后面真有一个女伶在唱，跑到后帐里一看，原来是我二爸伸长脖子卖着力，这让他们大失所望又惊讶不已。就这样我二爸的皮影班在方圆唱出了名。这几年基本上固定在周边的三个县内，一年二三十场戏就唱出头了，有如学校的"周行事历"提前排满，这儿唱了去那儿，风雨兼程，不停地赶着乡村敬神过事的日子。

皮影戏在我们那儿又叫牛皮灯影或干脆叫影子戏。无论叫什么都离不开一个关键的元素，那就是"影子"。牛皮人在灯光下的投影，再配上声音，这种最古老的"动画片"在文化落后的乡村时代确实成了大人孩子喜爱的一种民间剧种。加之，与演员阵容庞大的社戏这种大戏相比，皮影可谓是一种花销少、唱起来容易，且不失戏剧效果的小戏。一个皮影戏班只需几个人，道具也简单，一只戏箱、一副扁担即可挑上走村串乡演出。而四晚上唱下来至少也要唱四部大戏，如像《李翠莲游阴》《哪吒闹海》《古城会》《游西湖》等，一样让爱听戏爱看热闹的人过把戏瘾。

小时候，我常去三喜家玩。三喜爸会做皮影，我就和三喜坐在旁边看，有时也会仿照大人在纸糊的窗子上玩一阵皮影。

我至今还记着三喜爸制作皮影的程序：他先将牛皮放进水里浸泡几天，然后捞出来刮掉上面的毛血及油脂，直到将皮革刮薄呈半透明状为止，然后把皮革镂刻成所需的人物部件或道具，再上色涂油。上色时主要用红、黄、青、绿、黑等五种纯色的透明颜料。做皮影时皮影的头、四肢、身躯等各自独立，用线连成一体，形成可运动的关节。每一部件上分别固定一个竹棍供幕后操纵，这样做才能让牛皮娃娃活动自如。之所以称牛皮娃娃是因为做出来的皮人不足一尺，别小看这种小玩意却藏着一个大千世界，戏里乾坤：男女老少、忠奸鬼神，生丑净旦角色齐全；山水庙堂、桌椅屏风，人间风情应有尽有；花草树木、狼虫虎豹，善恶美丑尽收眼帘。正是这种刀工细腻、栩栩如生的牛皮娃娃在一个宽一米、长两米见方的"亮纸"背后，经过捉杆人贴近幕纸熟练地操纵，人影和色彩真切动人，再配以道白、唱腔以及乐队伴奏，有声有色地表演出人间大悲大喜的剧情故事。尤其表演民间神话故事，皮影人腾云驾雾，上天入地，变幻多端，正应了那句"一口叙说千古事，双手操起百万兵"的皮影戏联。而"百万兵"就装在那个油漆脱落的古旧箱子里，别小看这个戏箱，那里边可放着几十本老戏中的人物形象及道具场景。

这种利用自然界中的光影原理，突发奇思，创造出一种独具匠心的"民间电影"，据说源于西汉，距今已有两千多年的历史。《汉书·外戚传》有这样的记载："上思念李夫人不已，方士齐人少翁言能致其神。乃夜张灯烛，设帏帐，陈酒肉，而令上居他帐。遥望见好女如李夫人之貌，还幄坐而步。又不得就视，上愈益相思悲感，为作诗曰：'是耶，非耶？立而望之，偏何姗姗其来迟！'令乐府诸音家弦歌之。"文中的

"上"是指汉武帝刘彻，思念心切的刘彻恍惚中在帐幕的投影上，看到了李夫人那"姗姗来迟"的美人形象。这大概就是皮影的雏形。和电影一样，皮影戏也有"银幕"，上面的"帏帐"就是早期的幕布。我的家乡把投影用的幕布叫"亮纸"，就是在一个木制的方框上糊上白纸，白纸比当时的土布效果更好。后来有了白纱布，唱皮影戏的人开始用纱布做幕，灯光也由原来的油灯、汽灯变成了电灯，这样的布景条件改善，不但使得皮影人物及道具的投影显得更加晶莹剔透、美轮美奂，而且使皮影这门逼真形象的独特美感艺术愈加淋漓尽致。

"吴台今古繁华地，偏爱元宵灯影戏。"正如宋代词人范成大描述的那样，我对故乡的皮影戏情有独钟，想起儿时早早吃过晚饭，吆五喝六，和同伴一起席地坐在演皮影的亮纸前面，耐心地等着开场锣鼓。只要从搭起的帐篷缝隙里窥见崖上二爸取下别在耳朵上的打干鼓用的筷子，我们就知道戏就要开演了。乡村生活的滋味就是在这种民间传统鼓点地固执生长与坚守下，依旧保留着原始的素朴与醇洌。

民间谜语

我看到一份报纸上开设着一个"民间语文"栏目，这个栏目的名字取得好。民间确实是一所学校，不但有生活中的语文，也有数学、自然、社会和品德。"鸡兔四十九，一百个腿腿地上走。问鸡和兔各多少？"这便是一个民间的数学问题，属于鸡兔同笼的趣题。单说民间语文，有故事、歌谣、谚语、谜语、歇后语、俗语、方言等等。如果把它们整理在一起，那是一部厚厚的书，足让我们念上几年，甚至几十年。

小时候，我们不但在学校里上着统编的语文课，还在家中、田野以及伙伴之间学着民间语文。尤其是民间的谜语，更能吊起童年的胃口。那猜不出来的着急样和猜出来的高兴劲，都让人痴迷不已。我把听来的谜语考给他，他把猜出的谜语说给你，大家互通有无，其乐融融。"一个推耙，旁边卧着个猪娃。"堂兄不知从哪儿听来的这个字谜，让我们几个抓耳挠腮了好一阵子。这个谜底为"下"字的谜面，现在看起来不但编得形象生动，而且活灵活现出农家院落里特有的那幅推耙旁边卧着个猪娃的和谐恬静画面。民间的字谜很多，比如"一个人，本姓王，怀里揣着两颗糖。"谜底是"金"字。民间的谜语就是这样妙趣横生，悦耳顺口，大都以歌谣的形式出现，让人过目不忘，铭记一生。

我的父亲心里装着好多民间的东西。每到晚上我总要嚷着他给我讲故事、出谜语。每次他给我出一两个谜语，而且任我怎样央求，他都不告诉谜底。于是第二天我就挖空心思想，实在想不起来时，就偷偷去问母亲或其他人。有时连母亲都不知道的谜语，只好熬到晚上队上散工后，再问父亲。比如父亲出过一个非常经典、颇让人玩味的谜语："因为吃着买着来，买着来了又不吃。"打一个动物用具。谜底是"牛笼嘴"。这个谜面实在精巧，牲口因为贪吃，主人便买个笼嘴给它戴上，可戴上笼嘴牲口就不能吃东西了。父亲长期为队上饲养牲口，这个谜语可能是他一时兴起对生活感悟的结果。牛笼嘴可以买，但卖牛不能卖笼嘴，这是故乡人的一种忌俗。买牛的人，都要自带缰绳自备笼头，就是买主花钱买，卖家也不可能把缰绳和笼头一起卖，更不用说牛带的笼嘴了。如果让买牛人把牛连同缰绳和笼头都买走，就意味着带走了卖牛人的财气。由此说来，一个小小的笼嘴，蕴藏着好多生活中的学问。

"一根竹竹十二节，两头冻冰当中热。"这是一个关于农历的谜语。一年十二个月，在两头冻冰的春冬两季，我们常常一家人坐在烧热的土炕上，父亲就着燃着硬材或木炭的火盆旁喝茶，母亲用拧车拧着纳鞋用的麻衣绳。我和兄弟姐妹有时做着"开绞绞"的游戏；有时在院内扫过的雪地上撒些秕谷，用草筛罩上，爬在窗台上等着麻雀上钩；有时听母亲讲古今；有时猜着父亲出的谜语，"一个娃娃一寸高，肚子撅起让火烧。""姊妹七八个，围着柱子坐，大家一分手，衣服就撕破"（前一个茶罐，后一个是蒜）：那确实是一个让人难以忘怀的温馨场面。遇到"当中热"的季节，我们就会和大人一起围坐在村口的大树下乘凉，听他们讲满朝（清朝）家的事情，那些朦朦胧胧、似懂非懂的事儿让我们听得津津有味。有时他们也会给我们出一两个谜语，这些生活中司空见惯的东西一经从他们的口中说出，就显得那么的练句上口、有声有色。比如，"天灯笼，地瓦罐，牛皮响，铁叫唤，崖上探，树上窜。打六种东西，都猜猜吧。"我们就猜不出来。最后有人实在忍不住便抖出了谜底：天灯笼是太阳，地瓦罐是井，牛皮响是鼓，铁叫唤是锣，崖上探是黄鼠狼，树上窜当然是鸟了。我们顿时恍然大悟，差不多所有的孩子都"嘘"了一声，一种儿时的遗憾与懊丧心情昭然若揭。现在有谁不怀念这种愉悦的情景呢？谜语组在民间谜语中占有一定的分量。比如"扁扁树，空空纸，野鸡下蛋埋土里。"打出来的是韭菜、葱、蒜三种蔬菜。

有时我们几个要好的伙伴在一起铲草胡、拔猪草，劳动间歇也玩猜谜比赛。三喜首先挑战:"红里子,绿面子,谁猜出来给缎子。"我立马说出答案——灰菜。故乡的这种菜,它的叶子背面是粉红,正面是翠绿,由于吃起来有一股灰性味,故名灰菜。我向三喜要缎子,三喜当然没有那东西,只好在他的脑瓜壳上狠狠地弹上一蹦子,算是惩罚。三喜当然不服气,又放出马来:"弟兄三人为我小,不是我来分家早。"我还在犹豫,明子便迅速应战:"弟兄三人不和气,出来进去把门闭。"三喜说:"你还没猜出来呢!"明子反驳道:"我说的就是你说的东西,一回事!"我顿时明白了,原来他们两人的谜底都是剪子。像同一种东西,有不同种说法的谜语在民间还不少。比如算盘,就有几种说法:一种是,"四四方方一座城,里边住着两家兵,只见兵打仗,不见兵出城。"另一种是,"一个院两家人,一家人少年纪大,一家人多年纪轻。"就这样我们说说笑笑,打打闹闹,童年饥饿的日子总在快乐中度过。

民间谜语,就是民间常见的物什和事象。"南里来了一个黑麻大汉,腰里别着两把扇,走一走,煽一煽,阿弥陀佛好热天。"说的是鹰;"冬种冬收,夏种不收,无叶光秆,根扎上头。"说的是冬天屋檐上的冰棒。有些谜语的谜面制得不但用典形象,而且很有气势,如蜘蛛的谜面:"猪嘴獠牙包爷相,面前摆的是八卦帐,地上走的我不挡,单捉天上的飞虎将。"再如风箱的谜面:"刘备双剑进古城,张飞呐喊不绝声,孔明巧借东南风,火烧曹操百万兵"。有些谜语可谓诙谐有趣,如像虱子的谜面为,"布里生,肉里长,'手'都城里生了病,'牙'州城里要了命,呸——骨髓落在'唾'都城。"再如瓜子的谜面是:"一个姑娘生得丑,老汉过来低头走,小伙过来不丢手,口对口来咬舌头,咬得姑娘大张口。"有些谜语虽简洁明了,但十分巧妙,令人费解,如房上的瓦:"藏一半,露一半,太阳出来晒一半。"又如西瓜是这样说的:"看上去是绿的,吃进去是红的,吐出来是黑的。"西瓜吃进去的是红瓤,吐出来的是黑籽。一个谜面三种色彩,三种动作巧妙结合,实在让人拍手称快。有的谜语颇有几分哲理,让人产生联想,如"白天好过,晚上难过，放上好过，取了难过。"这个谜语的谜底是河中的劣石。小时候家乡的河水很大，架桥不划算，就在河中每隔一小步放上一个大石头，看上去像一支排列有序的石头队伍，我们叫它劣石。晚上当然难过劣石，取了列石就难以过河了。现在家乡的小河干涸了，劣石不复存在，如果把这个谜语让现在的农村小孩来猜，他们一定很难猜中。

民间谜语离我很近又似乎很遥远，在大量信息涌进家乡的当今时代，谁还会在那个漫长的夏夜，对着满天的繁星，给孩子出着"青石板上钉银针"的民间谜语呢？好多乡亲离开了村庄，不要说民间谜语，就连农民赖以生存的土地也无人看守了，在岁月深处醒目地悬挂着一把把杂草的锁子。

民间习题

　　前不久，我在整理一些旧笔记时看到以前写的一篇民间游戏的文章，其中"打糊涂捶"的一节引起了我的联想：农历二月二，家家户户都要炒豆子。于是"打糊涂捶"赢豆子成了儿时盛行的一种游戏。一个人两手攥着相同数量的豆子，放在眼前，另一人用一只手攥豆子若干，然后用自己的拳头轻轻敲打着对方握紧的拳头说："打，打，糊涂捶（方言称拳头为捶头），只要你两手攥得停（相等），这个手里（指对方左手）成十颗，这个手里（指对方右手）和我一样多。"等对方打开左手添够十颗，剩下的右手果真和他的一样多。起初，我不明就里，总会让一些比我大的孩子稀里糊涂赢走半衣兜五色豌豆，成了真正的糊涂虫。后来，我慢慢的明白其中的道理，这其实是一道民间有趣的习题。只要用你手里的豆子数作为总和，在对方的一只手里进行加减，另一只手里的豆子肯定和你剩余的豆子一样多。这个游戏的口诀强调的是对方双手必须攥相同的豆子，否则，你无法和对方另一只手里的豆子达到等量关系。

　　如果我们静下心来细细回想，就发现民间流传着很多为人们喜闻乐道的习题，它们大都是一些风趣之题，这种题，一般都以歌谣或顺口溜的形式，把精巧的构思，深刻的数理，寓于其中，易记乐思，从而诱发人的兴趣，启迪人的灵感，使人们在游戏中学到了知识，增长了智慧。

　　记得我在上小学三年级时，有一天大队支书碰见我，问我是谁家的孩子，我说出了父亲的名字，他一听便对我产生了好感，就给我出了一道算题："桌子火盆三十三，一百个腿腿往上翻。问你桌子火盆各多少？拿起笔来算一算。"我第一次听这样的题，既感到中听有趣，又觉得复杂难算。我口咬着手指头在心里算了好一阵子，也没算出来。支书就对我说："算不出来不要紧，回去慢慢算。"我提着母亲用花布缝的新书包一声不吭地低着头走了，像做错事一样，脸上一阵发热。

回到家后，我第一次没听三姐的话到地里剜苦菜，就爬在炕沿上继续算这道题，直到一家人散工后，我才算出了结果。我高兴地把这个消息告诉了他们，父亲不但没有抱怨我没去剜苦菜，而且还夸了我好一阵子，说我长大了一定有出息。哥哥说，像这样的题农村很多，我也给你出一个：100个人100个馍，大人每人吃3个，小孩3人吃1个。大人小孩各几个？那时，我是老婆子算账哩——沓沓算。翻来覆去，终于算出是25个大人、75个小孩。通过这次对民间习题的计算，使我对念书尤其是算术这门课程产生了浓厚的兴趣。

后来，哥哥给了我一本民国时期的《算术集锦》，那是破"四旧"年月，村上的"红卫兵"在烧一位老念书人的旧书时，不知是谁偷偷地藏了一本，最后那书传来传去传到哥哥的手中。那上面有许多这样的民间古习题，我也从中知道像前面的那些题，属于鸡兔同笼的趣题，早在几千年前就已经在民间流传开来，并由此派生出好多类似的题。

1974年"黄帅反潮流"的那阵子，我们的算术课停了，语文课的老师给我们上毛主席诗词，算术课上我就跟着一位同学学打算盘。通过一段时间的训练，我学会了许多民间流传的珠算趣题，诸如"燕子单拍翅"、"燕子双拍翅"、"李彦贵担水"、"两朵梅"、"金香炉"等。至今，我还记着它们的算珠数。比如"燕子双拍翅"的算珠数是"7715895隔位625"，这是一个加法运算，在算盘上见几加几，共加四遍就成了"1234543210000"这个数，而在算盘看似一只展翅飞翔的燕子图形；"单拍翅"的算珠数是7715625，相加四遍后即得出"123450000"的结果，状如燕子一只展开的翅膀；李彦贵是秦腔《火焰驹》中的人物，落难后以卖水为生，可谓农村家喻户晓的戏曲情节。于是民间就将1949445625这个数在算盘上连加，最后的结果"3119113"

便成了一个有趣的图形，两头的3像两只桶，四个1便是一条扁担，中间的9就成了一个站立的"人"，整个图形恰似一个人担着一担水，故而命名为"李彦贵担水"。"金香炉"算作民间的一道难题，如果能打出"金香炉"，算盘上的乘法题就不在话下。它是用六个5乘以957，其积为"531666135"，在算盘上看起来真像一尊古典式的香炉。民间最难的珠算习题当数"狮娃滚绣球"，我还连一遍没有学着"滚"下来，就小学毕业了。从此，我也就与算盘无缘了。

进了初中，有一天我们到学校附近的队上帮助社员掰玉米棒，休息时这个队的生产队长给我们出了一道题："十斤的篓，七斤的瓶，三斤的葫芦要分停。"说的是一个油篓里装着十斤清油，现在让你用三斤的油葫芦把它平均分到油篓和油瓶里。在那个"开门办学"的日子里，这便是我们正儿八经上的一堂数学课。同学们热情很高，人人动手动脑，谁也不甘落后。当得出操作步骤后，我一下子茅塞顿开，怪不得农村人常用"三倒油葫芦"这个俗语来形容一个爱搬弄事非的人，原来典出于此。这道题只要三倒油葫芦就能把油分停当。后来当再次重温这道民间趣题时，我就将分配过程作了一首打油诗："葫芦三舀篓里油，倒满瓶子二斤留，瓶油全部倒入篓，空瓶装进二斤油，接着再灌一葫芦，三倒葫芦各盛五。"

十六岁上了师范，我见的世面大了，接触的范围广了，听的民间习题也就多了，其中有一道为"农夫过桥"的题，让我一直记着，考了儿子考女儿，总是挂在嘴边。这道题的题目是：古时候，有位农夫手里拉着一只狼、一只羊，怀里抱着一棵白菜，走到一座独木桥旁边，但过桥只能带一样东西，否则桥会断裂。如果农夫把白菜先带过去，狼就会吃羊，如果把狼先带过去，羊就会吃白菜。后来农夫经过一番思考总算把三样东西全带过去了。他是怎样带过去的呢？当我把这道题讲给儿子，儿了说："这根本不可能，农夫拉着狼难道就不怕狼吃掉他。"这话让我无法回答。儿子长大了，我又把这道题说给上小学的女儿。女儿说："这太简单了。先把白菜送过去，再把狼拉过去，最后把羊牵过去。"我说："把白菜送过去，狼会吃羊的。"她说："现在不是唱着狼爱上了羊吗，狼怎么会忍心吃羊呢?"这又是一个让我无法回答的问题。

民间的习题是民间的物件，虽然它的上面尘封了岁月的积垢，但一经细心地擦洗，依然会透亮出熠熠的光泽，那是先人睿智的目光，只要我们与这束深邃的目光对接，就会感知到民间宁静的智慧与博大的胸怀。

温暖记忆的服饰

皮 袄

服饰是一种文化，属于民俗范畴。服饰文化的开放包容与丰富内涵，表明了社会文明的进步程度。看到现代乡村五彩缤纷、款式多样的服饰世界，就让我感受到故乡生活的多姿多彩，靓丽明快，也让我想起童年时那种清一色的冷峻面孔和单调乏味的服饰表情。

提起故乡的服饰，首先想到的是皮袄，也许是皮袄的珍稀缘故。可一提到皮袄，我就想到了寒冷，想到北风卷地白草折的山坡，想到满天雪飞的原野，接着周身感到了温暖。虽然那皮袄没有挂面，上面蹭满了岁月的尘垢，但那是一件传家宝，祖父穿罢父亲穿父亲穿了儿子穿，即使藏着我童趣的七十年代，它仍旧是乡村里最富有的标志，就像现在的二层小洋楼，只有两三户人家在老宅上拔地而起，不是故乡家家都能盖得起的。

现在的冬天寒冷程度没有儿时的那样刺骨逼人，除了生活好转人们御寒的衣服丰富多彩外，就是全球性的气候变暖，整个冬天不再让人退避三舍。如此，这种制作麻烦、价位颇高、分量厚重的皮袄就在故乡的服饰队列中渐渐退役了。

皮袄可能是人类最早缝制的衣服。人猿相揖别，只几个石头磨过之后，开始以兽皮遮体取暖，后来就转化为以畜皮制衣御寒，并把这种衣物称作"裘"。"裘"字便作为一个十分重要的汉字以甲骨文的形式流传下来，制皮衣的工匠"裘氏"也就成了一种官名，在《周礼·考工记》得以记载。

我们说的皮袄就是用羊皮为原料做成的皮衣饰。先把生羊皮用皮硝浸泡，经过去腥、刮粗、刨光等工序鞣制成熟皮子，然后按皮子的多少裁缝成长短不等的皮衣。我们通常把这种御寒的衣服叫袄，除皮袄外，还有毡袄、棉袄等。皮衣有长短、挂面与不挂面之分。长至小腿者称皮大衣或皮大氅，短及大腿部则叫皮半褂；外挂布面的称挂面皮袄，不挂面叫光面子皮袄。皮袄耐穿实用，于是人们就把耐用的东西称为"皮实"，皮实一词由此而来。

生活困窘时，农人穿的皮袄除了自制之外，就是亲朋的馈赠，要在商店里买到它确实是一件不容易办到的事。我家隔壁黑娃他爸一到冬天就穿上他那件军用皮大衣，那是儿子当了高原兵后从部队上拿来的。皮大衣挂着黄面料，披着黑绒领，给人一种威武气魄的样子，这让他在村里同龄人中出尽了风头。

现在的皮衣很多，像皮风衣、皮裤、皮夹克、皮裙子等，有好多都是用羊皮做的，但都不是袄，也许是去掉羊毛成为单衣的缘故。真正上市的皮袄不多，要买一件只能到手工皮衣店里定做，而且一般都是老年人所为，年轻人根本不去光顾。

皮衣的变迁表明了时代的变化，虽然我们无法直面披着羊皮的原始农耕生活与服饰文化，但皮革作为服饰的基本原料无论何时都不会舍弃，这是由于它的柔软、皮实、保暖的特质奠定了它生存的光芒，就像羊皮筏子早已不是摆渡的工具，却依然在岁月的滩头闪烁着生命的亮色。

毡　袄

"东倒西倒，皮袄倒成毡袄。"这是一句家乡常用俗语，说的是与人交换物品，换来换去，最终换了个次一些的东西。毡袄虽然也是羊毛做的，但它没有皮袄柔软贴身的特性，故穿在身上就没有皮袄那么暖和舒心。可毡袄也有毡袄的优势，它防潮、避雨的作用是任何衣物都无法比拟的，也就最适合野外作业的人。于是，穿毡袄似乎成了牧羊人的专利。深秋季节，庄稼迅速撤离了山坡旱塬，空旷的原野上一群羊像一盘棋子在梯田的格子里自由挪动，一个头戴草帽、身穿毡袄、手持鞭子的人就是那个下棋的人，他正在萧瑟的寒风中与时间悠闲地对弈。

毡袄顾名思义是毡做的，毡是用绵羊毛擀制而成的。用羊毛擀织毛布始于商周，称作"褐"。《孟子·公孙丑上》："不受於褐宽博，亦不受於万乘之君"中的褐就是这个意思。褐宽博，就是穿着宽大的毛布衣服，也就成了平民的代名词了。

毡袄制作工艺很复杂，要经过洗、弹、擀、缝等四道工序。尤其是将洗净的羊毛弹成絮状这道工序，颇费力气。弹羊毛和弹棉花一样，所用的工具比较简单，一个木锤一个羊毛弓。弹羊毛时将弓用一根绳子吊在空中，弓弦的位置正好贴在被弹的羊毛上，弹羊毛的人一手握住弓背一手拿木锤敲打弓弦，弓弦在敲击之下，发出"嘭嘭、嘭嘭……"有节奏的声音。羊毛弓的弓弦一般都是用牛筋绳做成的，弹力很好。在弹羊毛人的敲打下，弓弦将被弹的羊毛团打得非常蓬松犹如新棉花一样。

有些人家讲究得近乎古板，说羊毛洗了就没火气了，也就不暖和了。于是他们省略了洗的工序，直接叫匠人弹羊毛。羊毛里面比较脏，灰尘也比较多，所以弹羊毛是个很脏的活，半天下来弹羊毛人虽用口罩罩着嘴和鼻孔但那地方还是黑沉沉的，头发上、眉毛上挂满了细白的羊毛，整个人看上去像现时商店门口有时立着的圣诞老人，让站在近处围观的我们这些孩子们，不时地发出灿烂的笑声。

毡袄由于它有着无法改正的僵硬缺点，因此在我们小时就已经鲜为人穿，只有给队上放羊的羊倌拴劳他爸穿着一件。他的那件毡袄很粗糙，没有领子，也没有扣子，只在左右对襟上缝着几个布带。天冷时，绑住布带风照样可以钻进去，只有在腰里再扎紧一根冰草绳才可以像驱赶羊群一样驱赶刺骨的寒风。

在故乡已经看不到毡袄那笨重的身影了，但它曾有过让牧羊人免受风雨之苦免遭冰雪之罪的日子，至今让故乡的人还记着它的好；还有这句"毛毛雨湿透毡袄"的俗语，依旧让人记着一条生活的事理，如果放任"毛毛雨"不管，时间长了，即使再紧实的毡袄也会被打湿、浸透，继而伤筋动骨。

大襟衣服

现在无论中年还是老年妇女都穿对襟棉袄。二十世纪六十年代那时，农村妇女无论年龄中老，不管衣裳单棉，一律身着大襟衣服。

大襟衣服是相对于对襟的便装而言，它两侧的衣襟不像现在的上衣那样对称，而是一大一小，小襟在右，大襟在左，大襟从左向右覆盖小襟，一直伸到右腋下侧部，然后在右腋下系盘丝扣。盘丝扣缀于大襟边沿，扣门则在小襟与后襟结合处排列。袖筒从腋部至腕部逐渐缩小似梯形。

大襟衣服的"襟"是很讲究的，不能乱开口子，要开必须向右，叫右衽，即左前襟掩向右腋系带，将右襟掩覆于内。反之称左衽。"中夏礼服皆右衽。"汉族服装始终保留右衽的特点，使右衽成为汉族的象征符号。与之相反，我国古代某些少数民族的服装，前襟向左掩，不同于中原一带的右衽。所以孔子说："管仲相桓公，霸诸侯，一匡天下，民到于今受其赐，微管仲，吾其被发左衽矣。"意思是说要是没有管仲，我们就得沦为异族的奴隶，穿着左衽的衣服。另外，左衽也被用来指死者，以示阴阳有别。《说文解字》中有"凡敛死者，左衽，不纽"之说。

大襟衣服的"扣"是有说道的。它不是现在我们衣服上钉的那种塑料或金属纽扣，而是自己用布带缏制的布纽。先用一片剪裁好的布条缲边做成状如麦秆的布带，再按一定的手法编织成火柴状的东西，这就是"纽"；之后，用剩余的布带做成勺子样的"扣"，缝在衣服上，合起来就是纽扣。扣，又叫纽门。如此就有了"兄弟五个人，各进各的门，谁要是进错了门，就会笑死人"的谜语。为什么是兄弟五个人而不是六个或四个人呢？这是因为民间有"四六不上身"的说法，如果给人衣服上缝四个或六个纽子，就犯忌了，就会使这个人一辈子不会有出息的。

大襟衣服的式样也是有较强的适用性。为什么把衣服尤其是棉袄做成大襟的呢？这种打破了中国传统美学对称性原则的款式，它的好处是什么？我思虑之三，认为这样做主要是从它的实用价值来考虑的，当然也有它的审美取向。大襟衣服源于北方，北方寒冷，故人们就要在御寒的衣服中在做文章。怎么样能避开钻心的冷风，让人们免受风寒之苦，于是人们就想到了大襟棉袄。长长的大襟不但把整个上身包裹起来，而且又像一条宽带子束紧人的胸腹部，如果里边再穿一个大红肚兜，再刁钻的风也被拒之门外。

除了它保暖的一面，更重要还有爱抚的一面。在故乡，大襟袄通常是妇女的专用服饰。据说早些年男女都穿，后来只有女性保留着这种服饰习惯，这与它取暖孩子的幼年是分不开的。它就像袋鼠妈妈的大口袋装着孩子恬静的微笑，就像现代南方妇女胸前的襁褓裹着婴儿熟睡的甜梦。和我一样同龄的乡村伙伴，虽然都记不清自己在母亲大襟袄里那种肌肤相亲、暖意融融的美好情景，但从比我们小的孩子那种甜美的表情里，我们顿觉一种切肤之情的热量从内心深处涌动，这种源于血脉中的爱流迅速传遍周身让我们永远记着母爱，感恩母亲。

大裆裤

"穿了几年有裆裤"，这是我们家乡一句很经典的俗语，规劝人们不要忘记曾经的苦处。我少时，生活窘困，村子里的孩子自出生以来差不多都只能围坐在土炕上，五六岁甚至七八岁才能穿一条哥姐退下来的开裆裤，雀跃着走出大门，和同伴一起玩耍。待到上学的年龄开裆裤便下放给弟妹，自己才穿一条有裆裤，也叫缅裆裤。如果不念书，就穿不上缅裆裤。所以就有了上面的那句俗语，其源自生活的语汇饱含着岁月的艰辛与无奈。

我们那时穿的裤子无论有裆无裆，都属于大裆裤。不像现在的服装款式很多，就裤子一样五花八门、种类繁多。大裆裤由于外形宽大，虽缝制容易但剪裁起来很费布料。它不像现在的专业裁缝师对布料进行合计套裁，而是把一整块布对折两次，从没有缝隙的一端下剪，按照那人个子的高低，裁成一个裤腿状，把布绽开一折，一条裤样就出现了。只要用针线将布缝缝合，再绱上四五寸宽的裤腰就成了。裤腰一般是白洋布做的，做时对叠合缝成一条宽布带，这样就显得结实。穿时把长出部分的裤腰折叠到一边，然后用裤腰带扎紧，起到保暖作用。有时没有裤腰带就用细麻绳。天冷了，再用绳子扎紧裤口，挡住无孔不入的西北风。

大裆裤没有男女裤之分。所不同的是孩子的裤子在腰上缝两条布带，穿时搭在肩上，系上纽扣，像现在的背带裤，不过裁缝方式和大人的一样。虽然大裆裤简单原始，缺少美感，但穿过大裆裤的父老乡亲他们在质朴、善良、憨厚的共性下又一个个情感分明、个性鲜明，用自己的双手为我们创造了一个乡村丰富的敢爱敢恨的精神世界。

大裆裤没有前后裆之别。虽不像现在的裤子，在裁剪的过程中就对其进行了区别对待，但照样穿上舒服，不会出现扯裆的现象，也很少有穿反的时候。曾有一段时间，一些生意人为了节约布料套裁出的裤子裆很浅，不懂行情的人买回去后一不留心就会扯裆，闹出了不少笑话。现在男女的裤子基本上一个式样，差不多都是前裆开口，然后装上拉链，男裤女穿谁也不会说个什么不对的话。可那时，男女禁锢较严，女人如果穿上男人的裤子那就是大不敬的事情，就会遭人非议。即使煤油灯不亮的时候，男人女人都不会有穿错裤子的情景，也很少出现穿反的情节。因为他们自有办法辨认：男人从隐约的尿渍中、女人从顶起的膝盖包上辨别出裤子的前后，也就从生活的细节中分辨出事理的前后，恰恰是这些朴素的经验甚至是一些微不足道的或者说是难登大雅之堂的俗理，让他们洞察了世事的风雨，也就有了对认准的事义无反顾地去做，绝不会瞻前顾后的精神勇气，正是这种精神让乡村有了一片安宁的土地，永远成了游子心灵安放的最好场所。

大裆裤没有过多的色彩，只有青蓝两种颜色。这两种颜色却让我的童年丰富多彩，这两种颜色却让故乡的田野橙黄橘绿；正是这两种颜色析出了我少年的梦幻，让我的骨头里永远撑起人生最硬的章节。

无法消逝的几个词汇

故乡一些词语渐渐逝去，就像一些熟悉的乡亲从我的眼前一个个离去。有时，我会独自一人想过去的事，想着想着，那些熟悉的身影就走进我的视线里，我与他们融为一体，在一棵已有些年成的大槐树下，学着大人的样子圪蹴坐着，在夏季的阴凉里感知惬意的村情。村情很质朴，因为构成质朴的这些物质材料几近原生态，从后来阅读到的历史书中找到它们的出处开始一直延续至今，成了一种生命力极强的民俗文化的活化石。正是这些土得掉渣渣的东西让我感受到了民俗的纯朴、乡情的醇香以及生活的温暖。

窑洞、茅草棚、土屋这些人类最原始的居住方式，滋生了我童年的梦，而那些给了土屋精神慰藉和心灵安详的几件手工制作的粗糙器具，比如瓦盆、泥缸、草笼、树皮筒，这些尘封在我少年美好记忆中的词语，如今成了生词，只有为数不多的几个人才能把它们解释得声情并茂。

瓦盆是乡村使用最广时间最长的器物，抟泥而作，火烧而成，因和土屋上摆着的小青瓦质地一样同窑烧制，故名瓦盆。瓦盆青灰色，用红土烧制，不上釉子，价格便宜。那时，能买起瓷盆、陶缸的毕竟是少数，大部分人家都买瓦盆用，谁家的土屋里、灶台上没有四五个大大小小的瓦盆，甚至连吃饭的家当都是土法烧制的，我们叫它瓦碗。瓦制品易碎，日子却生冷冷的硬气，以卵击石，生活就过得艰辛，但历经这样岁月的人他的骨骼就格外硬朗，再难的生活也不会击垮他的意志。

陶盆不易，买一个陶缸就更难，于是人们就保留了泥缸的制作工序。而用泥巴做一口缸也需要一些时日，至今我还能记起父亲做泥缸的事。父亲把麦草缠成又宽又厚的"辫子"，再将它一圈一圈盘成陶缸形状，然后用草泥一层一层抹在上面，直到抹结实抹出亮光为止。泥缸干透后，父亲小心翼翼地搬到一个固定不动的位置上，母亲再按缸口的大小给它用麦秆缝制一个草盖，一个漂亮的泥缸就开始投入使用了。

比起泥缸草笼可谓更结实耐用。草笼的制作虽然费劲，但因具有挪动方便不易损坏的特点被乡村广为使用。草笼虽大小不一，但多数为圆柱形，是故乡妇女用特意挑选的洋麦秆一针一线纳制起来的，一般用来装衣物，也有用它装面装粮食。在故乡还有一种草笼是父辈们用麦秸编成的，我们叫作草篓，是专门用来装口粮或猪食之类的。闲时收揽忙时用，故乡的妇女总是在夏季忙里偷闲挑选一捆洋麦秆，然后到秋雨连绵的时节或者落雪的冬季，坐在炕头上开始纳制草笼。房檐水响，猫念经，男人喝茶女人拧绳绳，那将是山村一个多么惬意的生活境地。

有时候，人们还用剥来的白杨树皮做成各种盛东西的器皿。夏天，村民们把队上砍倒的成材杨树，按需要将树皮切割成一段一段的，然后用木棍轻轻敲打，待树皮与木质可分离时，再用刀子划破树皮，从开口处一剥，一张树皮卷子便剥下来了。之后，缝合切口处，装上底面，一个树皮筒就做好了。大的成了装衣物的树皮筒，小的可做成针线笼、旱烟盒等。树皮筒、盒看上去很简陋，但它坚韧耐用、轻便好使，而且用它盛衣物，不易受潮。当然，一些手巧的村民，还用它做一个树皮琴筒，再镶上琴杆，就成了一把精美的二胡玩具。我小时候，就曾拥有过这样一把自制的二胡，拉响日子的音符，锯亮童年的音色。

在我的童年故事中，每一个页码里都有这些熟悉的词语构成日常生活的语句，如果省去了它们，就缺少了情趣，只剩下干瘪的情节斜靠在岁月的角落里。

乡村日常用品的演进就是社会记录自身演进不可缺少的历史成分，一些美观耐用的消费品走进寻常百姓家，盛放生活的情节，让阴历的故事变得越发生动而耀眼。

蘸笔情怀

蘸笔，在我的记忆中它是一种职业的符号、身份的象征。

我第一次看到蘸笔是在老师的办公桌上，一枝六七寸长、上粗下细的油漆木杆上镶着一个金属笔尖，笔尖内侧套着一个槽片，用来存贮一两滴墨水。蘸笔以笔尖蘸墨水书写而得名，写字时把笔尖伸进墨水瓶子里蘸一下，再在瓶口上蹭几下，把欲滴的墨水抹掉方可挥笔自如。用罢将笔尖提起使笔杆斜卡在墨水瓶口，这种考究的做派，给人一种古典凝重的文化韵味和清新淡定的书卷气息。

由于在老师那里看到了这一新型的笔种，也就对它产生了敬意，并把它与粉笔一样看成了老师的专利与特权。如果说白粉笔是一架步犁，在黑色的土地上不停地耕耘、播种，那么，红蘸笔就像一把锄头，在一块块田地里低头劳作，锄去杂草，疏松土壤，打出庄稼地里的错字与别字，让一行行整齐的文字愉快生长。

虽然后来我在其他地方也看到蘸笔严肃的表情和忙碌的身影，但始终把它作为学校代表性的元素，作为刻画老师形象的最好材料——群星闪烁的深夜，只有一个窗户里的灯光还在亮着，透过灯光，我们看到一个沉思的背影，他的面前摆放着一摞作业本、一枝蘸笔和一瓶红墨水……

1981年我师范毕业分配到一所九年一贯制学校去教书。报到的第一天，当管后勤的闫老师给我配发了两个教案本、一盒粉笔、两个木质蘸笔杆（红、蓝各一支）、四个蘸笔尖等教学用品时，我真切地感受到那种初为人师的兴致与自豪。此前，虽然我曾拥有过蘸笔，也用粉笔写过字，但始终认为自己不够格，尤其是用红蘸笔写字当时心中会涌动一种极度兴奋的情绪，过后总觉得像弄坏了别人的东西一样心里不踏实。因为我的理解蘸笔是一件办公用品而非学生用品，只有此时坐在一张老式办公桌前的我才真正成了蘸笔的主人。这张红漆木质办公桌虽油漆斑驳已有些年成，但桌子上的红蘸笔杆与红墨水的"红"是新鲜透亮的，教案本与工作笔记上的那几个红色的书皮文字，这一切都让我的心气十分热烈心情十分愉悦。红色与蓝色相互映衬，就像太阳挂在蓝天上；红蘸笔和粉笔与蓝墨水钢笔、铅笔以及毛笔的区别不只是颜色、属性和大小的不同，也不只是使用板擦和橡皮的不同，而是一种老师和学生的关系，是一颗大星星带着一群小星星共同照亮乡村的夜空。

蘸笔作为一种办公用品，我想主要取决于它的经济实用价值，笔杆可以连续使用，一个笔尖值不了几分钱，写"老"了可以更换，作为办公经费长期紧张的中小学校这是最理想不过的耗材品。

我教了十几年的书，风雨兼程一直穿梭在乡下初中，蘸笔就像一把织布的梭牵引蓝色的纬线和红色的经线，让我织出教育的人生，绘就烛光的诗篇。多少个春秋夜晚，蓝色的蘸笔在教案上记录着岁月的青苔和人生的履痕，红色的蘸笔在作业本上给智慧的天空画上对号的光芒，给成长的每一个岔路口不停地立上断路的标记。多少严寒酷暑，点点墨水，滴滴汗水。特别是寒冷的冬天，红蘸笔就像一把火炬，握在手里让我想到了火光的同时也感受到一种责任：改错题，改病句，改别字，然后给出分值，写上批阅的标识；如果是作文，在最优美的句子下面画上波浪线，眉批、旁批、总批、直角、圆圈、对调号，圈圈点点，篇篇见红，让每一个学生从中感受到火焰的温暖、红色的问候以及文字特有的那种热烈赞美。

现在，我仍然会在一些学校里看到改得比较认真的作文，只是批阅没有红毛笔的娟秀飘逸之美，缺少红蘸笔的力度和骨气，多数都是用一枝红色的签字笔在上面蜻蜓点水，简约了许多质感的东西，甚至有的是隔篇评阅，有的是学生捉刀，这种少了心灵与心灵约会情感与情感碰撞的真诚，虽美其名曰教改，实则是功利倾向下的一种职业倦怠。

记起蘸笔，除了勾起回忆外，我便开始寻找它。终于在一个酒盒改装的简易笔筒里找到了三枝蘸笔，红、蓝、黑各一枝，虽然它的笔尖很秃，其中一枝笔杆有一条长长的裂缝，但丝毫不损我对它的崇敬与珍爱。我是1995年离开讲台走进教育行政机关的，差不多就是在那个时期蘸笔也开始从教师的案头退下来，最后封存在岁月的笔筒中。说不定哪一天，我们随手拉开历史的抽屉，就会看到蘸笔当年风光的形象与勤奋的身影。

从小花书里长出的信念

女儿喜欢看书，我给她买了一套四十册的日本漫画故事《哆啦A梦》，看着她如痴如醉的样子，我就想起我小时候的情景：如果能从谁手中借到一本小花书，那就如获至宝，兴趣盎然，要么边吃饭边看，要么就着昏暗的煤油灯一气看完。有时会为花书中的人物垂泪叹息，有时会被斗智斗勇的情节逗得大笑不止。在我的童年世界中，无论书籍还是电影，人物形象只有简单的两类：好人和坏人，或者说成"我们"和敌人。虽然那时好人和坏人的脸上也没有写字，但从表情与衣着上我一眼就可以看出谁好谁坏，这样的观感经验省去了许多揣测的劲道，少了一些纠结的情愫，让人爱憎的情怀很容易安放，心灵的窗户一开始就亮堂起来，从心底里长出的一株幼苗总是朝着光明的方向生长。后来我知道了这株幼苗叫习惯、开出的花朵叫品格，结出的果实就是信念。

小花书就是连环画，最普遍的一种叫法是"小人书"，恰恰这个名字最不能涵盖其独特的亲和力，故我们那时都叫她小花书或花书，现在不要说看到实物只要一提起她的名字就能给人一种亲切率真的感觉。

那时我们看的小花书不像现在开本很多，一律都是六十四开，要么是画家画的白描本，要么是电影的剧照本，除了封面做成彩色外，里边全是黑白的，一本小花书就像一台黑白电视演着一部黑白电影，有时是一部电视连续剧，让人看了上集想下集，看了《水浒》之五想之六。于是就有了大家凑钱买花书轮着看，分册买花书换着看，你有我无借着看的经营方式和阅读理念。如果遇到一本"新"书三五个伙伴头碰头围在一起共同看，成了童年最有情趣的风景。

　　攒钱买花书几乎成了我儿时最美好的憧憬，而把花书像父辈攒光阴一样积攒成箱是我少年最好的梦想。我的父亲有一个装木工用具的红漆小木箱，长二尺许，宽不足一尺。在我的央求下，父亲就送给我。他将那些钉锤、砧子、推刨等东西掏出来搁在一个老式杏木方桌下，我从那些沉默无语的铁器冰冷面孔上感觉到一种来自红木箱木质里的慈祥与温情。当我的十几本小花书《鸡毛信》《地道战》《智取生辰纲》等排着队高高兴兴地搬进了新家时，从此我就有了一个梦想——攒够一小木箱花书。

　　一本小花书厚不足两角钱，薄者几分钱，一般都是一百页多一点，差不多就是一页值着一厘钱。就是这现在一些孩子掉在地上看不起捡的毛毛钱，对于我们来说那是一笔相当可观的财富。于是，我开始想办法赚钱。七十年代除"四害"时，一对麻雀爪爪在商店里可以卖到二分钱，我就在夜深人静时将小手伸进椽花眼里掏出一只熟睡的麻雀……虽然那时我的脑海里还没有"环保"这个辞条，但这种杀生取义的做法总让人有一种负疚感，因此，在这上面我也没有挣上多少钱。父亲见我嗜花书成癖，就不知从哪儿搞来了一块旧铁皮，利用空闲时间制作了十来个炖茶用的小茶罐，让我拿到集市上去卖。我用细绳串着茶罐，从上街走到下街，从东头走到西头，直到集上的人差不多走完时，我才收了心。父亲看着我从破棉衣口袋里小心翼翼地掏出伍角八分钱，就知道收获不大。这一集我只卖出去三个茶罐，两个两角钱，一个用父亲定的最低价一角八分钱卖出（父亲定价是参考当时商店里出售的砂质茶罐）。父亲鼓励了我一番后，又说我心眼太实，不会随行就市，有人给一角七六应该卖，不要因为一半分钱而失掉一次机会。自己做的嘛，能多赚一分钱当然更好，赚不上降价也得卖，总比拎回家好。

　　父亲给我上了一堂生意课。五角八分钱是我人生的第一桶。金对于当时把一分钱掰成两半花的农人来说，也算是一项大宗的收入了，但和父亲的劳动价值相比又显得微不足道。父亲带把儿的锥形小茶罐比商店里的小砂罐好看得多，简直是一件工艺品，不说其他，就让那个小茶罐的底儿保证不漏，也不是一件容易办到的事。就这样，我迎着凛冽的寒风，出没在假日的乡墟上，卖茶罐，买花书，有时也会坐在小书摊上花两分钱租阅一本昂贵的小花书。

时间一天天过去了，小木箱的书渐渐多起来了，心里那个高兴劲儿时不时在小伙伴中暴露出来。一有空闲总会把箱子中的书一本本掏出来又一本本放进去，望着弟妹不小心扯了边角的花书心痛万分，想起三喜未还的那本《小英雄雨来》的书就心神不安。有时，会放下手中活计立马找同伴去要，直到要来才满心欢喜。

队上和我差不多一样大的孩子十来个，我们经常在一块玩的七八个，爱收藏花书的就四五个，但收藏最多的要数三喜。他家不但光景好，买书容易，而且他从哥哥那里又继承了不少，这让我在他跟前说话总是底气不足，心里时常充满了嫉羡的情绪。

小学毕业了，小木箱乘载的梦想仍未实现，一纸通知书就让我免试进入中学。我告别了童年，将心爱的花书全部送给弟弟，自己背起那个小木箱和三喜一同住进了公社中学的学生宿舍里，开始全新的生活。可是从小花书里看到的海娃、雨来、刘胡兰、小兵张嘎、毛主席的好孩子刘文学、草原英雄小姐妹——龙梅和玉荣这些小英雄与李向阳、高传宝、岳飞、黄继光、董存瑞、张思德、麦贤得、雷锋等这些大英雄的故事，无论他们是现实人物、历史名人，还是文学形象，其坚定的信念永远植入我的心底，与人生同根，与生命同在。

老式柴桌

走进乡村小学，你依然会看到一些老式柴桌静静地站在教室里，它们虽宽窄、长短、高低各异，但排列得倒错落有致。长时间的岁月蒙垢让它的桌面黑黢黢的，无数条错综的刀痕和锥孔让人感受到它的风雨沧桑。抚摸那镌刻的一个"早"字抑或一个"勤"字，虽笔法稚嫩甚至有些刺眼，但它真实地记录了一个个天真无邪的孩子曾经内心深处涌动的激情。这样的木质普通做工粗糙又不用油漆粉饰的长条裸桌，只有学校确切地说是村小学里才有，它的诞生注定了它与学校休戚与共，共同承担着学校成长的历史使命，也见证了学校发展的风云春秋。现在这些曾经让无数孩子咿呀学语、激扬文字、放飞过梦想的课桌大面积开始从小学的岗位上退下来了，被搁置在一座旧房子里，极少数还摆在一年级教室里站着最后一班岗，一种与教室极不协调的色调是一种无奈的选择，但它却安详地等待着新的一批油漆桌子来顶岗上班。

我对老式柴桌有着深厚的感情，我是趴在它脊背上成长起来的，是它那并不宽阔且又凹凸不平的桌面让我感受到生活的艰辛与困苦。我刚进小学里，我们三四个孩子坐在一条长凳上趴在同一张柴桌上。听课互相挤挤还算凑合，遇到写字尤其是写大楷就不能施展开来，不是他的肘子挡了你的手，就是你的胳膊碰了我的毛笔，让我的一横突然弯了腰。于是挤占桌子成了一种无休止的"战争"，你挤过来我挤过去，像争夺一块高地双方进行到胶着状态。久攻不下，四个人只好达成停战协议，在桌子上画出三条边境线，大家各自固守着自己的一等份，这样倒也相安无事。但是作业总是要做的，没办法，有人就主动让出自己的位子，开始趴在窗台上写字。窗台上写字不但地方宽绰还能看到窗外的景物，这一发现无疑比哥伦布发现新大陆更让人欢欣鼓舞。就这样，一下课抢窗台又成了冷战后的又一轮童年战事。

大约到三年级，我们的待遇就提高了不少，两个人可以趴一张柴桌。柴桌没有桌框，我们就开始仿照大同学自己动手做起桌框来。先用胡麻毛线在桌衬上来回缠绕，再用竹棍做龙骨挑上挑下进行拉筋，这样编织的果框就有了筋骨，就可以承受住所有书本的压力，最后用硬纸褙将左右及其后面挡住，没有硬纸片的就找些大仿纸糊上几层，一个桌框就算做好了。做好了桌框犹如一只鸟做好了巢，望着自己精心制作的小天地，每个人的脸上都洋溢出一种成功的喜悦。桌框里分门别类摆得整整齐齐，也常常收拾得干干净净。有的同学刚开始热情很高，时间长了就邋遢了，纸屑、馍渣塞满桌框，这时总会有老师过来说叨几句，那位同学低着头红着脸立马整理起桌框来。抢桌子、编桌框虽然都是小事，但从那里我懂得了主动放弃和与人为善的作用。

我现在记不清我的小学老师是怎样为我们阐述做人的道理，但每当遇到类似的事情，我的脑海里总会浮现出小学里抢桌子的童趣画面。记得刚包产到户的那年，村民视地如命，如果谁家撬了地交界，那就成了天大的事儿，寸土必争、寸土不让，使双方闹得不可开交甚至会大打出手。有一次星期天我回家后，母亲就告诉我谁谁谁把咱们老坟川里的地界撬了，界石被抛在地埂上。我说服不了母亲就走到地里看了看，只顺手将界石重新埋在对方的雍土旁边，也算给母亲一个交代。我当时想他才撬了一犁宽，就是撬上一尺地也未必就能富起来，我从来不与人斤斤计较，因为我坚信"胡子上的饭吃不饱"。如果把这件事的处理和小时候趴柴桌和同学画界线的故事扯在一起似乎有些牵强，但那个童年的趣事一直在人的心灵深处留下难以磨灭的印象，我想那个至深的印象难道不会在历经了多少风雨侵袭的人生土壤上发芽生根开花结果吗？

后来，我在教育行政部门工作，有机会知道了更多教育方面的故事，他们总用"黑房子、土台子、泥孩子"来形容落后山区小学的办学条件。我上小学时房子光线暗是暗了些，我们一群在泥土里摔打的孩子穿着破旧不堪的衣服实在给人一种灰头土脸的印象，但土台子我好像还没有趴过。大约是1996年我到一个教学点检查工作时，发现那里的孩子真正趴在土台上念书。土台子是用土块先做上桌腿，然后在上面盖一层没有刨制的皮板，再在皮板上墁一层泥抹平擀光，这就是课桌；凳子和桌子的做法一样只是用板稍微好一些，刨得光一些，只在板头处用泥粘牢。我是1970年上的小学，想不到二十多年后，我们的孩子还连柴桌柴凳都没有，这件事着实让感到震惊，震惊之余一股心酸涌上心头。我不得不感谢我的乡亲，是他们对孩子的一份关爱让我们免受坐土凳子趴土桌子的痛苦。

一切事物都会走到尽头，成为过去，老式柴桌也一样会成为历史的话题，虽然在我的记忆里它总是黑沉沉的没有一点亮色，但并妨碍我对它的怀念与赞美，因为美好的东西最容易让人触景生情的有时往往是那些最不起眼的细节。

手摇铃

　　这几天我的脑海里挥之不去的是这样一个画面：我童年伙伴的父亲一位个子不高略显苍老的教师站在他的办公室门前，手里摇着铜铃，听到铃声的我们一个个跑出教室，开始传递着毛蛋。那毛蛋是将一团旧棉花拃成球形，然后再用胡麻毛线缠紧，缠成网格状。这样做，既瓷实又富有弹性，功能相当于那时货郎儿挑着担儿卖的小皮球，只是土法炮制而已。传毛蛋时你丢我接，其余伙伴在中间争抢，其乐融融。

　　起初不知什么原因，一把十分熟悉的手摇铃在我的脑子里突然一闪，一座我上过的小学岁月早让她荡然无存的表情就清晰地出现了，我当时的心情很愉悦，仿佛一个在秋风萧瑟的路上行走着，冷不防看到面前一墩开得泼泼辣辣的山菊花，又好像一个被屠花花阳光叮得脊背生疼的人，突然吹来一丝凉风为他贴上一张止痛膏……于是，我想我该走进童年的时光里，近距离去感受手摇铃的关怀，注视它的容颜，倾听它的心声，触摸它的体温。

　　一个人有了回忆流年往事的念想，也许表明他开始步入中年，对人生所经历的事情进行一次潜意识的检索。如果一个人能对自己曾经做过的事有意识地进行一次书面检讨或无意识的心灵拷问，那么这个人就进入了人生的成熟期。我想，一个人能有这样一次心灵回归的旅程，那么，这个旅程注定是一个经典的路线。

　　四十年前我念书的小学结构十分简单，一个四堵墙围起的小院，东西两排滚椽房，东面一排是教室，西边的是教师宿舍，靠北面正中间有一座很有些年月的老戏楼，再配上一个只容两个孩子并排出入的校门，就算是学校了。学校现在看来很简陋，对于当时不知道还有比这所学校更好的我们来说，那就等于走进了一座神圣的殿堂，看什么事情都神秘，粉笔、木质黑板，尤其是花园里种植的几株千谷穗，殷红的千层谷穗蓬勃向上，让童年的心灵有了一种难以言表的感觉，现在想起来那是一种对美好事物与生俱来的向往之情。

学校不叫现名，叫先锋小学，那是因为我们的大队叫先锋大队。先锋小学当时确实在全公社的小学里起过先锋作用。我记得最深的是一次红缨枪比赛，我也参与其中，在全公社的比赛中名列前茅。回来时学校里又搞了一次相当于庆功会的总结大会，我获得了一幅印有毛泽东主席像的画张奖励。毛主席举着手，慈祥可亲，我高兴地捧回家。父亲十分虔诚地将它端端正正地贴在桌子右边，因为正中间已经贴了一张主席的标准像，左边的位置早已被哥哥获奖的一张占取了。我清楚地记得，那天我激动得连饭都没有吃，一直看着毛主席向我招手。因为，我上小学第一课学的就是"毛主席万岁"，今天能被学校奖励一张领袖像，心中有一颗红太阳真正升起来的感觉。老实说，我在学习方面得的奖状不多，这与那时学校对学习的重视不够有关。我人生的第一张奖状虽然不是真正的奖状也不是学习方面的奖励，但正是这张毛主席挥手的像占据了我信仰的地盘，让我一路走来都以做一个革命的红小兵、毛主席的好学生、社会主义的接班人为目标，努力恪守职责，才有了今天的敬业爱岗的职业修养。由此及彼，我想到了今天的教育，学生关于学习的奖状很多，知识占据了他们全部的脑海，信仰成了孤岛正在被一点点地淹没，如果知识不给信仰留下足够的地盘，那么信仰的灯塔终将被知识的波涛吞没。一个没有信仰的人即使有再多的知识也终因没有灯光的指示会触礁受挫。

说起红缨枪，其实就是矛子，不过都是木头做成的，白色的长柄镶上黑色的攮子，再在攮子与木柄的接茬处绑上麻叶染成的红缨子，给人一种以假乱真的感觉。那是我们都是毛主席的红小兵，手拿红缨枪，在手摇铃的指挥下，每天练习着几个标准的动作，口里喊着"向前刺，杀"的口令，好不威风！

"儿童散学归来早，忙趁东风放纸鸢。"那时，放学不叫放学叫散学，正如清朝诗人高鼎所说的那样。手摇铃响了，我们就排着整齐的队子散学回家，散学很早，但不是忙着放纸鸢，而是手提着柳筐铲柴或拔猪草，努力地干着家务活儿。

手摇铃，这个形似喇叭半尺见长的铜器，以它清脆悦耳的声音让多少孩子为之激动，让多少桃李因之芬芳，即使现在许多学校都以电铃替代，却替代不了在手摇铃声的节奏中学会遵守纪律的一代孩子心中久存的崇敬与感念之情。

算盘情结

妻子找了一份记账的工作，时不时将一沓票据带回家，让我帮她核算。对于加减法我习惯于用算盘计算，我总认为算盘不仅运算快而且还可以感受到一种数字处理过程的情态与乐趣。我曾经负责过一所中学的教务工作，每学期都要对学生的成绩进行统计分析，那时计算器还没有普及，更别说计算机了，我们只有用算盘来完成一个班级、年级以及全校考试科目的人均成绩、及格率等这些关键性的评估指标。调离那所学校二十年了，这二十年里我虽与数字打着交道，但过多的是在方格稿纸的模块里制造着方块文字，我们称其为"写材料"。妻子的这份工作让我重新找到了遗忘多年的算盘功底，颇感有一种亲切与荣耀。

家里有一把女儿上幼儿园学珠心算时用过的新式算盘：盘中九档，梁上一珠，梁下四珠，塑料菱形，怎么看都不顺眼，使用起来不得心应手。于是，我开始寻找那种上面两珠，下面五珠的木质老算盘。这种带顶珠和底珠的算盘不光造型美观，更重要的是用它可以计算十六进位制的计量题和开平方、立方的难解题。有朋友认为我做事过于较真，放着那么方便的计算器不用，即便是用算盘也非要找一把过时的东西。我说这就是一种情感，一种难以摒弃的念想，一种有如乡愁的情怀，让你的心灵总会找点时间去叩问精神的故乡。

在一所学校的仓库里总算淘得一宝，虽没有多少年月，但蒙尘的表情，就是一种沧桑。擦洗浮土就是对尘封岁月的追忆，抚摸算珠犹如抚摸琴键弹拨出心中最好的音质。

在我看来没有哪一种东西能像算盘一样给人一种神奇、崇敬以及睿智的光芒。说神奇是因为算盘可以盘算大千世界中的加减乘除，可以盘点日常生活中的柴米油盐，手指的上下拨动，就是光阴的丰厚歉收，一年的日子全在精打细算的开支中度过，世事的风雨就在一阵噼里啪啦声中结束。说崇敬是因为算盘是一种学问、身份和职业的象征。会打算盘的人就是一个念过书的人，一个受人尊重的文化人；精于此道的人不是账房先生便是出纳会计，都是一个单位里管钱管事的人；走进店铺、银行，柜台上一把磨得光亮的算盘，就是一种职业能力的显摆，这里不需要算盘装点门面，必须有一种过硬的功夫，一种谈笑间算尽人间冷暖便知人生几何的淡定自然的本领。说睿智无论你打的是如意算盘还是心中的小算盘，不管你"三一三剩一"还是"二一添作五"，在"三下五除二"的铁算盘眼中，这世界一切物都有数，数归于积；一切数都是物，物归于商。这正应了那句老话：财帛各有份限，糊涂虫昼夜不安。

中国是算盘的故乡，算盘是最早的计算器，经过几百年的历史春秋，作为商品的算盘开始从货架显眼的地方移位，作为计算工具的算盘逐渐从办公桌上退位，作为实物教材的算盘早已走出课堂……如此我在想，那些至今耳熟能详的"一上一""二上二"的珠算口诀也许将带着一种智慧的信息淹没在历史文化的土层中，成了让后人解读的神奇密码。只有这些与算盘有关的词语，比如"空档"、"清盘"、"档次"等在人们的顽强使用中主动担当起诠释算盘经典要义的责任和义务。

我上小学时有句顺口溜叫做"学会四七归，走遍天下不吃亏。"珠算里把一位数除法叫做"归"，除法是珠算中最难的运算，而四七归是难点中难点，只要明白了"四一二剩二"、"七一下加三"的算理，就不愁找不到一份工作了。现在没有人愿意去明白，就是明白了，社会中的一些数学问题已然不是"四七归"的原理就能悉数解决的事了。因为现在对数的处理无论计算机还是计算器都把运算的过程由前台转移到后台，无法像算盘那样置于顾客的监控之下进行。

　　拨打算盘，是缅怀手工运算的一份情感，是对阳光下曾经拥有过的一笔笔明白账的感念与敬重。

童年的笔墨纸砚

　　童年对笔的崇拜，就是对文化的崇拜。笔尤其是钢笔，不管是英雄牌还是别的什么牌子，只要别在谁的中山装上衣口袋里，这个人就一定是一个有文化的人，就让我们刮目相看。那时我们对学问的高低似乎就是用钢笔来衡量，如果遇到谁胸前别两支笔，那就让我们吃惊不小，羡慕好一阵子。

　　上小学时，我不敢奢望拥有一支钢笔，因为那时我连三分钱一支铅笔都买不起，只有用树枝在学校的院子里学写着小黑板上的字。我和其他同学画在地面上的字都可以用小布鞋擦干净，只有三喜的留着黑亮亮的痕迹，因为三喜用的是从废电池中取出的墨棒。于是，我对那个神奇的墨棒产生了极大的兴趣，心中暗暗发誓一定要拥有一个和三喜一样的墨棒。儿时，有手电筒的人家很少，找一个墨棒实在不易。后来堂兄不知从哪儿弄来了一个，将其断为两截，给了我一小截，这让我激动万分。从此，我也就和三喜一样在校园中留下自己歪歪斜斜的文字脚印。

　　三喜爹是我们的启蒙老师，他有一个十分精致的小木盒，小木盒和粉笔盒大小一致，那里边装着许多写剩的粉笔头，差不多一二公分长。别小看这些不起眼的粉笔头，却成了我们最渴望得到的奖品。三喜爹看到谁的字写得端正就给谁奖励一截粉笔头，拥有那截粉笔头就拥有了在小黑板上写字的权利和工具，那是一件多么荣耀的事情啊！

　　墨是那时的必备品，没有现成的墨汁，一角钱左右在商店里买一块墨锭，在普通的砚台里倒点水磨几下，然后用笔调试浓淡度，不大一会儿墨就研制好了。我家有一个巴掌大的方砚台，砚盖上刻着一只简笔画的鸟，那是父亲当麦客时从陕西买回来的，我就用它研墨写字，从上小学到中学教书，它跟随了我几十年，后来在一次搬家过程中遗失了，现在想起来还懊悔不已。

砚台从学校里端出端进极为不便，墨盒就应运而生。墨盒差不多和我们的小手一样大，有方有圆，里边搁置一些新棉花，将磨好的墨倒进去，然后找一枚麻钱放在上面，蘸墨时用铁抑或铜笔筒挤压麻钱，墨就会从麻钱的方孔里冒出来。后来，我们发现在墨盒里放上蚕丝比放上棉花墨干涸慢得多。养蚕在七十年代中期成了小学生最入迷的课余生活，这因丝而蚕虽不是直接原因，不过，我们也想通过自己的努力，收获几个蚕茧，改善墨盒的吸墨状况。

记得有一年的冬天，我借给方子一本连环画，方子才给了我一小片蚕卵纸，那上面沾了二三十个细小的蚕蛋。方子说等到开春蚕就会从蛋里出来，我让姐姐将那片纸放到屋顶的椽缝里，开始盼望着春天的到来。

养蚕一般用铁质的印泥盒，有的是装过凡士林、海蚌油的盒子。盒子上面得有出气孔，要不就会把蚕宝宝窒息死。蚕最爱吃的食物是桑叶，没有桑叶就用榆树叶代替。村里只有川边老五家有一棵桑树，寻找桑叶也就成了一天中的一项操心活计。蚕姑娘放在家里不放心，每天和几本卷角的书本一起被我们带到学校，塞进自制的桌框里。有时，上课也会趴在桌面上眯着小眼从裂开的桌缝里窥探它们蠕动的情景；最开心的是课间休息时，三五个同伴凑在一起，比谁养的蚕最多，谁的最大，这让几个没蚕的同学在我们中间矮了大半截。

进了中学就得用钢笔，我们习惯叫水笔。真是应了那句"能买起马匹买不起鞍子"的农谚，有了水笔，却买不起一瓶墨水，只好用三分钱的墨水晶炮制一瓶墨水来写字。墨水晶不是颗粒状，像一颗西药片，泡时研成细末，一片正好泡一小瓶。钢笔肚子里没有墨水和我们肚子里没有食物一样是一件常有的事儿，因此，学生之间用笔尖相互投借一两点墨水就显得很平常了。由于墨水来源不同，钢笔咬色、串色的现象经常发生出现，有时，弄得我们很尴尬。

纸是上学时我们最关心的一件事，虽然一张纸和一颗鸡蛋等值，就那么六七分钱，但一颗鸡蛋在那年月就像小花书中的唐僧肉，谁都想吃一口。生活是最好的老师。敬惜字纸、节约纸张于是就成了我们那时无需养成的习惯，一个作业本用罢当草稿本，一片纸张正面写了背面写，铅笔写了钢笔写，钢笔写了毛笔写，直到不能再写时还要把它们归结到一块，放进灶膛里作为燃料烧掉。这种当时看来很顺手的动作，久而久之就成了一种习惯，一种下意识的习惯。

有一种现象只有七十年代才存在，那就是拾坟纸。每年清明节，我们都要给殁了的亲人去上坟，在坟院里挂上小纸片是对亲人的最好追忆，可惜这些坟纸都会被我们互相拾走。有道是兔子不吃窝边草，上坟结束后，我们一哄而散，就跑到三喜家坟上争抢坟纸，三喜领着他们家门上的小兄弟把我们挂在老坟里的坟纸一扫而光。大家如获至宝，就用这些坟纸钉一个草稿本在上面写写画画，其乐融融。有些人做事很"阴"，现在想起来心中都隐隐不快，为了防止我们捡拾坟纸，他们就在坟纸上拓上冥钱的图案，让我们心有余悸不得不缩回捡拾的小手。

童年的往事触动了我神经的敏感部位，我想有时我们过于注重一些虚无的东西，为了它往往忽视现实的感受，或者说我们时常漠视真善的存在却追求一些空洞的名声。比如我们中的一些人，老人活着时他们很少探望，死后却显摆丧葬之风，搞得像唱大戏一样，引得四村八社的人前来观看：这种"不敬活佛敬鬼神"的做法，让人不得不对人性的另一面再度产生忧虑与拷问。

土炉童话

　　现在的乡村孩子上学条件虽与城市孩子难以相提并论，但和三十多年前我上小学的环境相比，可谓天壤之别。

　　印象当中最令人难忘的是冬天，那时的冬天似乎出奇的冷，土墙土块盖起的土房子怎能抵挡得住数九严寒呢？无孔不入的凛冽寒风总会把窗棂上糊着的旧报纸撕开一条口子，从掉了泥皮子的门缝里拼命挤进来，然后把它冰冷的手伸进我们的领口里、裤管中，让我们顿觉一股透心凉。我们就会缩着脖子打着冷战，有时牙齿会情不自禁地瑟瑟发抖，教室里吸溜鼻涕的声音、咳嗽声以及向手心里呵气声可谓此起彼伏。没几天我们的小手冻得像黑面馒头似的，刚刚好了的伤疤又开始溃烂，寒风的刀子划出一道道皴口，真是旧恨未了又添新伤，疼痛难忍时连笔都握不住。这时，我们就想到了家里的热炕，想到父母的一双大手焐住小手的感觉是天底下最幸福的感觉。因为那时学校冬天里没有煤，教室里也就没有火炉，我们只有在课间做一些游戏来取暖。有时天太冷时，老师也会让我们在课堂上统一进行"拌脚"，通过双脚快速拍打地面达到暖足生热的效果。即便如此，我们的脚也会冻得肿胀起来，有时连鞋都穿不进去。最难熬的是到了晚上，那红肿的脚遇热后就像万千只蚂蚁在身体内走窜，奇痒无比，钻心而痛。

　　要说做游戏取暖，见效最快且趣味无穷的当数"挤油油"了：下课后在教室的后墙壁上或室外的角落处三两孩子先挤在一块儿，接着后面来的孩子一个挨一个开始往里挤，靠墙角里的孩子坚持不住时就向外面挣扎，跳出"包围圈"后紧挨着最后面的同学继续往里挤，如此反复。有时里边的两三个同学同时跳出来，就会掀起一股势不可挡的力量，让后面的同学猝不及防，一堵人墙就会顺势而倒，引来了一片哗啦啦的笑声，流水般的涌来。在一旁观看的几个文静的孩子，按捺不住心中的情绪也加入其中，人多势众，就会听见有人呼爹喊娘，有人故意起哄，一个劲儿地在人堆里乱扎，搞点天下大乱的事。这样一直持续到上课铃响，大家才一哄而散。这会儿差不多人人都浑身发热，有的额头上还会渗出汗珠，热气腾腾，余兴未了。

这个形似老油坊挤压油饼来榨油的取暖方式，挤出了不少汗滴与乐趣，现在想起来都让人有一种精神的快感与冲动。

进了中学才算见了世面，冬天的教室里可以泥个土炉子，燃烧的煤块完全可以驱走屋子里的寒气。下课后，同学们围着土炉烤烤冻僵的手，说说老师的"坏话"。烤暖了的同学主动给等待的同学让让位子，大家彼此关照，从不贪心，甚至一些年龄大的还会做出延迟享受的义举，总把机会让给我们这些前排的小同学，从不与我们抢炉位。就这样有关土炉子的故事叙说着整个冬天的校园生活。

土炉子夏天拆掉，冬天垒起来，像一只候鸟飞去飞回。土炉子是用土块或砖就着柴泥砌起来的，一般泥在迎门的讲桌旁边，上下两层，中间的炉齿把炉膛和炉壁分开。虽没有烟筒，但这种土法炮制的火炉像一个吸风式炉灶生着后火势很旺。那时没有大碳，学校给每个班级分上一堆煤沫子，班长就领着我们利用课间把煤沫子制作成煤块。制作煤块是一项技术活儿。一般是三比一的配制比例，即三锨煤兑一锨土，土不可多也不可少，多则热量不足，少则容易破损，燃烧时间又短。拌匀之后，用水和成黏稠物，再在要制作煤块的地面上均匀地洒一层炉灰，尽可能洒一个长方形。然后将和好的煤沫倒上去，先用铁锨大抹平，再用灰刀抹得薄厚一致，表面平整光滑，待水分稍微杀下去后就用刃子划成砖块大小的方格，有些心细的同学甚至搭上尺子，把做煤块像做一件工艺品一样倾心尽力。

土炉子生火是一件很麻烦的事，因此是一件轮流作业，一般两人一组。通校生他们可以从家里拿些生火柴，而我们这些住校生只有自己找寻了。轮到自己生火的那一天我们必须早起，待同学们早操下来后，火就得生旺。有时找来的柴湿乎乎的，弄得满屋子的烟，又烟又呛，熏得人睁不开眼睛。这时候我们就用自己的帽子或装垃圾的铁簸箕在下面拼命地扇，直到木柴燃旺后，再在上面架上掰碎的小煤块，不一会煤块燃烧的气味就弥漫开来，火头渐渐硬了，教室里的气温开始回升，天也就亮起来了。

人心实火心虚。让土炉子在有限的空间里放出最大的热量，除了煤块的质量外，更要注意续火的方式。这让我想起了教育，我们有时对教育的要求就是要采取最好的方法掌握煤块与大碳燃烧的火候，让它们在质地不同条件不一的情况下，尽可能散发出相同的热量，温暖一群人的理想。

现在城里学校和乡下大部分中学冬天都用暖气做热源，就是偏远的山村小学也靠铁炉子取暖。这种土炉子早已撤出乡村教室，而与墙角的煤块、木柴以及玉米塞一道创造出的校园童话留在一代人记忆的深处，偶尔煨暖人生某个不经意的章节。

温暖的麦草铺

　　对麦草怀有情感的人不知几何，但拥有崇高敬意的舍我者其谁？

　　麦草绵软光洁，不带尘埃，干净得像刚落地的婴儿一样，它的这种难得的品质决定了它永远受到庄户人的礼遇。村里殁了一个人，第一时间就是落草，让死去的人躺在干净的麦草上接受儿女和亲朋的最后揖别。落草就像一颗流星陨落，那洁白的麦草铺就的地面就是灵魂赶往天堂的机场，虽然一闪而逝，但泪花的晶莹与麦草的光芒在夜空的瞳仁里曝光之后就留下了永不磨灭的记忆影像和文字，让亲人永远记着亲人的痛。

　　麦子是庄稼的主流文化，是乡村永远守护的女神，她淳朴美丽、光鲜十足。在村民的语汇中只有麦子色才是健康的肤色，在故乡的方言中也只有麦子磨成的面才称得上白面，由此而衍生并长久固守的民俗中，只有白面做成的饭才是招待客人的最好佳肴。麦子的显贵身份让麦秸成了最好的草料，故被称为草而非柴。柴草是一个联合概念，乡亲把不能制作牲畜饲料的农作物的秸秆称作柴。在可作饲料的草类中，无疑麦草又起着主导作用。在故乡，谁家的麦场里的草摞大，谁心情的天空就格外晴朗，谁就在乡亲们中间说话的声音大走路的步伐大。因为麦草的多寡，决定着光阴的厚薄，草摞的高度，就是日子富裕的程度。

　　曾几何时，麦草成了生产队上的特供品，只能喂牲口。有时队上会把那些苫在草摞顶部或垫在底层终年累月为大众遮风挡雨隔住阴湿而献身的麦草分给社员，我们如获至宝，不过这时我们称其为瓢柴。瓢柴不但是灶膛里最好的引火柴，更是烙馍馍的上乘燃料。在家乡有几种小吃如烙油饼子、倒荞面摊饼等非瓤柴不可，即使换作其他绵软型的燃料，也做不出那种特有的色度和劲道——这就是我们常说的"地道"概念所包含的两个最主要的元素。

在乡村柴草的队伍里永远作为商品可以买卖的只有麦草。麦草除了作为牲口的食粮，还可以进行深加工，最常见的是用它来造纸。每到夏天，麦子打碾结束后，时不时就会有一辆满载麦草的农用车从公路上开过，远看像一个大草摞在移动，颇为壮观。

麦草的这些价值只能让我对其感怀甚至感恩，但对其真正产生敬意的则是其内含的一种温暖精神。

我十一岁进入中学，中学离家十里多路需要住校。进校的第一天，由于是春季，天气还十分寒冷，我看见宿舍里四五张木床板拼在一起，上面铺着一层麦草，形成一个大通铺。那麦草洁白柔软，一看就是去年的新草，给人一种温暖的感觉。我带着一床长宽皆一米多一点的小花被，铺了就没有盖的，差不多大多数同学和我一样面临着这种生存困境，在铺与盖之间只能选择一种，于是与人合作成了我们那时无师自通的一种生活能力。上中学四年，我先后与四位同学同挤在一个被窝里，互相取暖，相拥到天亮。这四位同学也就成了我最亲近的朋友，最受牵挂的同学，有时静下心来我会想起他们，想起我们一起睡麦草铺的日子。如果没有麦草的铺垫、隔潮与保暖，我不知道我们打开的冬天课本，该如何起头朗读，并且把整个冬天都读得有滋有味、声情并茂呢？想着想着，一种真诚的祝福从内心深处飞出，穿过岁月的驿站，叩响同学怀旧的窗户。

这就是我对麦草产生敬意的真正原因。如果说学校的冬天是一个创造童话的乐园，那洁白的麦草铺就是这滋生动人情节的温床，没有它生命的体温孵化，就不会有一只只丑小鸭变成白天鹅的美好故事，不会有同学间至诚至贵的情怀永远温暖着记忆的冬季，更不会有由此而锤炼出的耐寒品性跨过人生最艰难的门槛。

消失的村小学

　　和平打来电话，说村里的小学关门了，剩下的几个孩子都转到乡中心小学了。

　　和平是我的童年伙伴，我们两个同时在村里上小学的，又同一年进了乡中学。我毕业后考上了一所师范学校，做起了太阳底下最光辉的事业。和平一直在村里与学校为邻，生儿育女，守望麦田。

　　和平打这个电话声音里明显带着焦躁与惋惜的情绪，告诉我的目的是看我有没有办法挽留住学校。我听后一种无法言表的情愫顿时涌上心头，我没有能力让这所已经关门停办的小学再度打开她温暖宽容的心扉，即便有，调整布局、整合资源已成了这个时代的教育发展之路。经过国家多年的人口控制和城镇化建设步伐的加快，乡村这几年开始出现"学生少了，学校小了"的教育关注现象。

　　前几天，我到过一个乡镇，有两所村小学就是从我的视线里变成了"空壳"。和平的心情我完全理解，他把学校看成了村子里一个有机的组成部分，就像一个大户人家。现在，人搬走了，一座院落空荡荡的，只有一把锁子挂在油漆斑驳的铁门上，谁见了都会勾起从前的记忆，一种寂寥的情绪油然而生。

　　有人说过，"学校是一种国家的机器"，村子里没有国家的政体，村委会只是村民的自治组织，算不上国家的机构，只有村小学才是深入村落中的国家机构。几十年间它在乡村的文化背景与精神领域中显示出一种不可替代的身份与价值，它与乡村的互动交流使代表国家意志的教育主流话语无时无刻不感染和影响着乡村精神，甚至使乡村的原始生活方式发生了改变。比方说，每到冬季我的家乡喜欢吃早饭，即把中午的饭提前到早上九十点吃，而学校的作息时间不允许这样，于是，有孩子在村小学念书的人家就只有按照学校的作息时间安排一天的工作与生活。久而久之，全村人开始改变了冬季吃早饭的传统习惯。

国旗是国家的象征，在乡村里只有学校的上空迎风招展着五星红旗，即便在一个镇子上，国家的机构很多，升国旗、唱国歌的地方只有一处，那就是学校。国家最低一层的行政组织——乡政府也没有这样的活动。校园里飘着国旗，教室黑板的正上方挂着国旗，学校粉白的墙上赫然写着大红标语，当村民们从学校走过时，总会用一种关注而又疏远陌生而无不艳羡的眼光注视着漂亮的房子与高高飘扬的国旗，这种注视让我们感知他们内心深处的一种精神寄托与情感抒怀。

钟声是一种命令，它不厌其烦地播种着一种行为习惯，国家的教育方针就是通过钟声的统一节奏在乡村小学里得一实施与贯彻。钟声构成一种乡村语言，建立了一种交流系统，教师与村民、学校与乡村之间业已消失的联系有赖于"钟"的传达和重建。长期伴随着钟声生息的乡亲，把学校的钟当做一个生活的结点，在这个结点处开始支配阴历的节气，确定季节的空间，让小麦在钟声里抽穗、玉米在钟声里拔节、谷子在钟声里弯腰……

乡村里的红白喜事，学校的课桌凳支起村民的酒席，学校的老师成了酒席上最尊贵的客人。老师与村民长久形成的这种亲族关系，构建了乡村新的精神家园。老师的行为举止不时地与乡村传统的礼义规范发生碰撞，他们的那些在村民看来十分陌生的现代话语在反复地翻译与破解中让乡村得到印证与认可，许多陈旧的观念也就在乡村中渐次渐退。与此同时，乡村朴实的情感与憨厚的品质让存有芥蒂心和疏离感的老师放下了包袱，同情的心理升腾起一种主动接触的亲和力。这种拿着国家俸禄代表着先进文化发展方向的老师与村民之间的和谐共融、长久共存的自然格局，势必让村庄产生一种新的田园精神，这就是我们为什么说村小学是一个村庄精神文明建设的窗口。村小学的黑板报、宣传栏、标语口号一直在浸润着孩子心灵的同时，自觉不自觉地担当起改变山村文化的责任，有时甚至是一种政治任务。我小时候，学校成了村民识字扫盲的夜校，学生放学后手提大话筒在村庄的最高处向村民宣读着时事政策，我也参与其中，倍感荣耀。现时，一些村小学也挂着农民技术培训学校的牌子，有的也为村民办过几期技术培训班。由此看来，村小学在村民的心中一直是一块文化的热土、精神的圣地。

而今，头顶上飘扬的国旗没有了，耳畔激荡的钟声喑哑了，操场上嬉戏追逐的身影消失了，整个村庄除了鸡鸣犬吠、炊烟缭绕，再也听不到琅琅的书声、童稚的歌声，空空荡荡、冷冷清清的校园，让每个从这儿走过的村民心中感到一种从未有过的空虚和失落。先是新修的戏台搁置，继而又是崭新的学校关门，社会公共事业的提速让还没来得及想出应对策略的村民产生了一种落寞的心情。

一个只有三五个或十几个学生的小学确实不利于现代乡村教育的发展，但村小学的撤并与消失，它所担负的繁荣乡村文化的使命由谁来继续，这是一个值得深思的问题，我不希望我的家乡乃至一些偏远贫困的山区再度陷入先进文化的盲区，如此，乡村这个让我们每个人储蓄乡情、安放灵魂、慰藉创伤的精神家园将会不可避免地进入一个季节的凋敝期。

这样说来，消失的不仅仅是一所村小学。

打好手中的牌

我的孩子在四川的一座小城市里上学。从家去学校的线路很多，但最近的只有从平凉坐火车这一条路，而每次出行都是车运的高峰期。即使淡季，在平凉这个小站上永远售出去的都是无座票。就这样，每次十几个小时的长途全要靠孩子的双脚支撑车厢的地板熬过。我听说后虽然心中有些不忍，但回忆一会过去，我想孩子还是吃点苦受点历练更有利于他的成长。

坐了几回车后，孩子终于吃不消了，今年春天去学校非要嚷着从兰州坐车去学校。对此，我先给他讲了有关吃苦方面的道理，最后我告诉他要让自己手中的无座票变成有座，办法只有两种：一是在候车室里排早队，最好成为排头兵。当"闸门"打开后，你便是人流中第一批到达火车上的乘客，你找到座位的概率最大，这就是现在所说的抢抓机遇，因为机遇偏爱有准备的头脑。如果你姗姗来迟，毫无准备，那你不站着谁站着。二是如果你因事来迟，在前后车厢里没有找到座位，那就不要气馁开始你漫长的找座之行。你必须耐心地一节车厢一节车厢地找，也许用不着走到最后一节车厢你就会像哥伦布发现新大陆一样惊喜地发现那个让你众里寻他千百度的座位正空空的等着你。这种最简单的找座方式，其实蕴含着一个朴素而经典的道理，那就是功夫不负有心人。只要你坚持就会有一块属于你的空间，只要你付出就会有一份属于你的成果。

儿子按照我的嘱咐去做了，果真找到了座位，而其他同去的四位同学却只有在车厢内垂手而立。我想他们可能被一两节车厢拥挤的表象迷惑了，不大细想在数次火车停靠途中，从十几个车门上上下下的流动中蕴藏着不少提供座位的机会；即使想到了，他们也没有那一份寻找的耐心。眼前一方立足之地很容易让一些人满足现状，为了一个座位背负着行李挤来挤去有些人甚觉不值。于是他们只能在最初的落脚点上一直站下去。

手中的票就像手中的牌，有票就有了机遇，虽然有座无座就像主牌副牌，但生活中有许多个不确定，只要你用心打好手中的牌，也许最后赢了的恰恰是你手中的这张不起眼的副牌。

放大自己的优点

一个穷困潦倒的青年流落到巴黎，他期望父亲的朋友能帮自己找一份谋生的差事。但当父亲的朋友接连问了他几个关于特长的问题时，青年却羞愧地摇摇头，告诉对方自己似乎一无所长，连丝毫的优点也找不出来。父亲的朋友让他把他的地址写下来，青年写下了自己的地址，急忙转身要走，却被父亲的朋友一把拉住了："年轻人，你的名字写得很漂亮，这就是你的优点！你不该只满足于找一份糊口的工作。"

"把名字写好也算一个优点？"当迷惑不解的青年从对方眼神里得到确信后，他终于明白了一个道理，坚定了一条信念："哦，我能把名字写得叫人称赞，那我就能把字写漂亮；能把字写漂亮，我就能把文章写好。"

就这样在父亲的朋友那儿受到鼓励的青年，一点点放大自己的优点，一步步按照既定的目标奋斗。数年后，青年果然写出了享誉世界的经典作品——他就是法国著名作家大仲马。

我少年时似乎和这位青年一样没有什么爱好和特长，只是字写得还算过得去。上师范时在学校的黑板报上看到同学的一首诗，我的第一个念头就是：哦，这位同学太了不起了；我的第二个念头就是：我也要写诗，他人能做到，我也一定会做到。此前，我觉得文学太神秘了，感到它高深莫测，可望而不可即。当我看到同学的诗，我马上意识到文学原来就在身边，并不遥远。有了这样的初衷，就有了当作家的想法，而这个暗自下在心中的决心，促使我废寝忘食，开始阅读文学书籍，开始练笔。大约过了三年，也就是1983年，我终于让自己的作品在当时全国很有名气的一份报纸上亮了相。这一发让我放大了自己的优点，过高地估计了自己的能量，以为自己在文学上还有禀赋。现在回过头来看，我当初的想法是错误的。我之所以取得了一些成绩，全赖以勤奋，是勤奋弥补了我天生的愚钝和拙鲁。因为，我花了比别人更多的时间，才走到今天这个还略显粗糙的地步。

我无意与大仲马这样的大家相提并论，只是在文学之路的缘起上我与他有过大体相同的感受：他是受到了父亲的朋友鼓励，我却从同学那里得到了启示。二十多年过去了，回头打点征途上的思绪，发觉我的路标上赫然写着这样一个公理：只要放大自己的优点，坚持不懈，总会有一块属于你自己的土地，哪怕这块土地上盛开的只有野花，甚至只有小草。

歌声的力量

　　汶川大地震发生后，四川都江堰市聚源中学初三学生甯加驰和其他几名同学被掩埋在坍塌的教学楼废墟里，无法逃脱。三个多小时过去了，几个人仍然被掩埋在废墟之下时，女同学们首先感到了害怕，甯加驰明显感觉到她们在发抖。为了暂时缓解身体的疼痛和心理上的恐惧，甯加驰和另一位同学祝祥开始有一句没一句地聊天。聊着聊着，祝祥逐渐迷糊起来，声音越来越低，最后竟毫无声息了。甯加驰赶紧掐了祝祥一把，祝祥有了点儿反应。得到鼓舞的甯加驰一边一下接一下地掐着祝祥，一边喊着他的名字，直到祝祥再次开口说话。为了让大家振作，甯加驰开始给大家唱歌。一首接一首地唱下去。后来甯加驰唱起了《团结就是力量》："团结就是力量，团结就是力量，这力量是铁，这力量是钢……"就在同学们陷入绝望的时候，歌声的力量是巨大的，它穿透了黑暗的时空，直抵生命最脆弱的地带，让求生的信念在歌声中重新复苏。最后，他们被成功的解救。

　　当生存面临困境时，我们很难想象这个出乎寻常的举措会是一个只有十五岁的孩子所为，我们甚至对他的从容镇静豁达乐观的人生态度所折服。感念之余，我想到了生活的环境，就像一只手伸出来总是长短不齐的五指，那么，生活的环境就不可能整齐划一，鸟语花香固然让人心情舒畅，但铺满荆棘也未必非要神态沮丧。如果我们不能改变人生就改变一下人生观，如果我们无法改变生存的环境，就试着改变一下心境，有了心境就有了生存的心劲。诚哉斯言，山不过来，我就过去，不一定非要愚公移山。

生活的境界

很久以前，在美国亚利桑那州南部的沙漠上，两株野生甜椒树都挂满了串串果实。一株把自己绿色的果实藏在叶子下躲避阳光，另一株却有意让毒花花的日头暴晒。

躲避的一株看着同伴的异常举动，不解地问："你这样做会把果实的皮肤晒红的，难道你不知道鸟类都喜欢吃绿色的食品吗？"

那株暴晒果实者说："听说从远处来了一群土拨鼠，我要把自己的果实晒得辛辣，让它们都不敢动我。"

"土拨鼠要来？"听了这话，它放下心来："土拨鼠来就来吧，有什么可怕的呢？你去晒你的果实吧，我要睡觉了。"

后来，土拨鼠真的来了。由于它们的到来，整个沙漠上的植物种子都被吃光了，那株躲避阳光的甜椒树上的果实也未能躲过浩劫，只有那株暴晒的甜椒由于它的果实让小动物们感觉不适，才幸存下来，继续在沙漠上繁衍生息，成了今天的辣椒祖先。而那株躲避的甜椒树不久就枯死了，由于它的果实全部被土拨鼠吃了，它所代表的那类植物也就从此灭绝了。

"适者存，怠者亡。"自然界发展的这一客观规律告诉我们，同一类植物的两种截然不同的命运是偶然中的必然。

生于安乐，就不可能发现看似平常而又安逸的生活中潜伏着危机。居安思危，永不懈怠，就会赢得竞争的胜利，成为生存的强者。

生活不可能时时处处都适应你，但是你必须学会时时处处适应生活。只有在一个熟悉的环境中不断寻找陌生的空间，挑战自我，更新自我，发展自我，让自己理想的种子不断在生疏的领域里成活，这就是生活的定义，也是生活的境界。

生命之壶

　　许多年以前，在大西洋一艘遇难的船中，恐慌的人们在拼命争抢维系生命的食品，只有杰克逊把一只水壶紧紧抱在怀中，他认为此时食品并非是第一位的，重要的应该是淡水。当六个伙伴发现其他的容器中都没有淡水了，便蜂拥而至，欲抢夺这只水壶，杰克逊掏出手枪，威胁着所有的难友："这壶水是属于我们大家共同拥有的，不到生命垂危的时候任何人都不得饮用。"七个人都虎视眈眈地盯着这只救命水壶，生怕一不注意被谁偷喝了壶中的水。在第六天的晚上，一艘过往船只搭救了船上已昏迷的人们。苏醒后，人们发现杰克逊手中的手枪是假的，他死死抱在怀中的水壶也是空的。正是这只空空的水壶，赋予了他们生的希望，坚定了被困的人活下来的信心。

　　在我们生存的环境中，一些不可预测的事情随时都可以发生，一些原本被信任的东西到头来也许会蒙骗我们的双眼，正如故事里让人生畏的手枪是假的，用生命保护的水壶是空的，甚至生存的希望都是渺茫的。是什么让一句善意的谎言承载了生还的压力，承诺了求生的愿望？是精神，人一旦有了精神，就有了信心，有了勇气，有了力量，有了一切。因此，无论在何等复杂的气候中，只要记住，打败我们的敌人不是外界条件，往往是我们自己的心力。

鞋子的意象

最近，我在一本书中看到这样一则民间故事，说英国有一种交换鞋子的风俗习惯：你往马路上一站，摆出一种特定的姿势，表示想和别人换鞋子，别人愿意的话，你得出点钱贴补对方。约翰逊那天就站在十字路口和别人换鞋，换了以后，觉得穿上不舒服，于是继续换。钱，一次一次地贴了很多，直到傍晚时分才好不容易换到了一双鞋，穿在脚上很舒适。回家一看，原来是早上自己穿出去的那一双。

这个故事如果用中国的一句民间俗语来概括，那就是"寻吃讨吃，头一碗饭好吃。"而这个俗语往往是人们对即将离婚者一种最真诚的规劝，可是总有人不听劝告，当他们寻吃讨吃之后，才发觉还是头一碗好吃，于是就有了"婚姻还是第一次的好，妻子还是原配好"这句离婚感言。

鞋子就像是婚姻，新鞋虽然有点夹脚，只要经过一段"磨合期"，就会让你舒坦地走过生活的路，这条路不一定全是坦途，但合脚的鞋却伴你抵达美好的地方。有时，稍不留意一粒沙石钻进鞋子里，只要我们取出它，一切都会释然。我们没有理由责怪鞋子阻碍了我们前进的步伐，并为此生气、动怒甚至遗弃，这是一种不合情理的轻率之举。

在生活中，要找一双好鞋确实不易，漂亮、时尚固然很好，可是适合自己的，才是最重要的。既然我们在生活的硬盘上无法恢复昨天删除的故事，那就好好珍惜今天拥有的情节。

免费的亲情

在这个世界上，最珍贵的东西都是最美好的，也是免费的。阳光、空气和水是万物生长的三要素，没有它们就没有生命迹象，有了它们的普惠与泽被，就有了这纷纭变迁的美好世界，而这给予万物生长最为珍贵的东西，恰恰是由大自然无偿供应。

阳光普照自然，地面才有了生气，万物才有了生机，风起云生，江河流转，花开果熟，万事万物呈现出一派欣欣向荣、生生不息的生命态势。

空气是地球上的生物存在的必要条件，动物生存、植物生长都离不开空气，假如没有空气，我们的地球就像没有色彩的一张画纸，内心呈现出一片荒芜的沙漠。

水是生命之源。有水就有青山绿水的美好意境，就有高山流水的人间情境，就有一衣带水的自然渊源，就有了心静如水的文学感悟，就有了水至清则无鱼的哲学思虑。

天底下没有免费的午餐，却有免费的亲情。不是亲情廉价，更不是亲情恣肆，相反亲情是有固定的线路，它只有在亲人之间传递，像一种暖流能在你寒冷时迅速传遍周身。

人世间最美好的亲情是最宝贵的，也是免费的，不需要亲人的回报与偿还；是最高尚的，也是无私的，对每一个儿女都心存至爱，不偏不倚。就像广布德泽的阳光，让万物生长出生命中最耀眼的光辉；就是清则向上的正气，让天地间"杂然赋流行"，让一个家庭一团和气、人气很旺；它有如上善之水，滋养万物的德行，以其博大的胸怀包容万物的过失，让我们由水准、水平，想到公正，想到一碗水端平的父爱和如山的母爱。

我不止一次的被《母亲的账单》这个小故事所感动。

芬兰有个叫彼得的孩子。10岁那年，有一天，他给母亲写了这样一份账单："母亲欠他儿子彼得如下款项：

为取回生活用品，20芬尼；

为把信件送往邮局，10芬尼；

为在花园里帮大人干活，20芬尼；

为他一直是好孩子，10芬尼。

共计：60芬尼。"

彼得的母亲在餐桌上看到了这份账单，无声无语地在旁边放了60芬尼。正当彼得为自己的小聪明欣喜不已的时候，他发现了母亲留下的一份账单，上面写着："彼得欠他母亲如下款项：

为他在家里过的10年幸福生活，0芬尼；

为他10年的吃喝，0芬尼；

为他生病时的护理，0芬尼；

为他一直有个慈爱的母亲，0芬尼。

共计：0芬尼。"

彼得看完这份账单，羞愧不已，蹑手蹑脚地走过去，把发烫的小脸深藏在母亲怀里，一句话没说，只是悄悄地将60芬尼塞进母亲的围裙口袋。

一切都有价码，唯有亲情是无价的。

第三辑 散文诗

村庄的生命元素

山

山是村庄的围墙，终年四季遮挡自然的造访，风放慢了脚步，霜减缓了力度，鸡鸣犬吠便有了一个适宜生长的空间。

山是姓氏的命脉。孙家山、李家山不是孙家、李家的山，一个倚山而居的姓氏繁衍出生命的村庄，山的厚实与高大旺了这儿的人脉。

山是时间的台板。东山上太阳升起，西山下日头眤窝，阴历的日子揭去一页。日复一日，年复一年，台历换了一沓又一沓，物是人非，时间的台板依旧清唱着如歌的季节。无论背阴向阳，不均匀分布的阳光，让阳坡、阴洼的庄稼有了不同的性情与品位，迁工上山气不喘的农谚，树起村庄错落有致的瓦房理念。

山是岁月的门槛。那门槛很高，像鲤鱼眼中的龙门，祖祖辈辈守在那里，很少有人跨出去，只有悠悠岁月通过门槛很深的过道，点亮乡村的灯盏，绣着农历的日子。

岽

在"山"字上加一撇，山就有了生活的斜面，有了日子的坡度，有了盘桓的土路，一头通往云彩的故乡，一头连着河水行进的方向。

野狐岽、老虎岽，一旦安上村庄的门锁，这些土著的朋友就隐匿在岁月深处。

马莲岽上的马莲盛开入夏的清香，白草岽的白草储蓄过冬的柴禾。炊烟升起，一群跳跃在枝头上的阳光啄食清晨的露珠，一丝柔软的微风逗得早春的桃花露出笑脸。

岽头上孩子每天仰望的国旗，让村庄有了信仰的地盘，急促的钟声与琅琅的书声，让村民的肩头多了一份人生的担当。

坡

坡是人类栖息的理想之地，像一把躺椅，让村庄背靠大山，面朝河川，心情惬意，春暖花开。

坡是历史的源头，半坡村的陶罐装着五千年文明，每一个炭化的谷粒来不及发芽就尘封进历史的记忆。出土，让重见光明的汉语叙说一个刀耕火种的农事。

坡是岁月的滩头，黄家坡的老井蓄满世事的沧桑，辘轳摇响的时候，岁月的绳索扯起生命的歌喉，一把夯、十几辆手推车硬是让青山着意，一片梯田成了村庄通向致富的阶梯。

"下坡好走上坡难"，坡成了民间的杠杆，没有几个人愿意一生走着好走的下坡路，他们总是向往高处，只有在高处才能找到撬动光阴的支点，天晴改好雨天的路，让积水十分顺畅地流向低处，带走往事的月光。

梁

梁抑或墚，这些山脉绵延隆起的高地，这种条状的黄土山冈，建构了村庄的绿色屏障。无论家乡的老堡子掌梁，还是几多重名重姓的风台梁，都像一群驼队，终年驮来四季的风雨，驮走岁月的时光。

梁峁上栽活一棵树，山的高度就是生命的海拔，村庄眼里就有了生机；梁头上植起一片林带，防风挡雨，日子的水土就不会丢失。

站在故乡最高的天爷梁顶，我看天依然高旷，故乡看我像在云中，走不出山梁的父兄，永远绊在贫困的地平线上。

一条油铺的公路沿雷大梁而去，彩电、冰箱、电脑，这些科技含量的东西径直进入平常百姓人家；一座电信发射塔从纱帽梁上拔地而起，后湾垴的乡亲终于能与外界对话，一句"好着呢"，让打工的儿女顿时放下心中的牵挂。

岘

见到山就见到一匹骆驼嚼着世间的盐巴，那高耸的驼峰就是民间语文里描述的岘，驼峰之间的豁口就是豁岘的形象，经年运送着村庄的景象。

岘的前面，满地奔跑着的人间春光，让向阳的桃树打头开花；岘的背后，积雪覆盖着冻土，几只觅食的鸦儿飞过地头，红嘴巴像红红的火柴头，擦亮阴山里一片冬麦复苏的路。

沿梁而走，无数个岘口成了风雨裁剪的花边，装点着自然的边框。每一个山脉的缺口成了岁月的风口，硬气的风终年吹打着山野的菊花；

每一个豁岘就是一个通往村庄的路口，正在拓阔的山路拓开了村民的心境。

岕

万千岁月，从故乡涌来的成群山队总在北面分出很多枝杈，一个杈就是一个岕，一个避风的山窝窝。麻雀、燕子、鹈鸪一齐朝着河的南麓飞去，桃树、杏树、梨树聚集在一起，扯起蔓儿的豌豆，白花花的花儿温暖了村庄的日头。

岕有长短、大小、上下、前后之分，过多地举着垦荒者姓氏的旗帜，风雨兼程，把东山的日头背到西山去。

短岕不短精神，短的是雨水的指标；小岕不小，鸡窝里飞出一只金凤凰；后岕后的只是方位，茅塞顿开，打工的歌谣唱响天南地北。

岕里出岕路，每一条都是岕道，站在岕路口问道，路旁的柳树点头微笑，岕路永远诧不住乡音纯朴的鸟。

湾

不是水，是岕在山中拐了个弯，留下让风歇脚的营盘。黄土高原的褶皱，许多形似簸箕的塆被渴望的水侵占了土的偏旁，一个三点水的湾，诠释着几辈人孜孜追求的意愿。

杏树湾、榆树湾，每一个湾里，山路的弦歌不断；鸦儿湾、掉马湾，每一个村子，瓦房的天空蔚蓝。一道院，四堵墙，五六间瓦房，十几亩耕地，便是一个幸福之家。男人出外，女人守望麦田，孩子在新学校里认着生字，一头牛在门前的阳光下安详地回草，回味着生活的甜头。

后湾里打雷前湾里下雨，雷雨可以隔垄下，乡情不是吝啬的天气，得了偏雨的前湾总给后湾里借去开春的种子，有了子种就有了希望的盼头，有了光阴的本金。岁月的弯子就转过去了，生活的坎儿就跳过去了。

有湾就有许多弯路，走过弯路的人一旦从湾里走出去，更加珍惜生活的赏赐，思想做人的底气。

有弯就有曲，曲是坐落在幽深之处的村子唱给岁月最婉转的小曲。

沟

有山就有沟，有沟就有水，一方水土就会养育一方子民。

沟是鬼斧神工的杰作，是天上人间的水一起行进的路线。无论斜沟顺涧，潺潺的泉水永远向着同一个方向流远。

山大必定沟深，白云终年封锁着上山的道路，盐碱四季侵蚀着阴历的石头。百年千年，始终不渝的风情把一个村庄的台面支牢。一把二胡锯响，无数个灯笼点亮，一场出门的社火让郜寨沟与杨家沟的亲朋好友拉起了手，互叙桑麻的短长。

喜鹊沟里的喜鹊为了希望的迁徙，背井离乡，留下一大片土地在殷实的季节中荒着；红土沟里的红土找到了致富的门路，砖瓦的生意红红火火；甜水沟里的甜水干涸了源头，地表的水位低了，日子的台阶高了，生活的空间也就宽了。

峡

两座山并排站在一起，留狭长幽深的空隙，岁月的风穿堂而过，与河流为伍，是九曲回肠的溪水世世代代的奔头。

石崖拥立左右，虽不陡峭险要，万丈千仞道也显出山的气势，峡的阴森。

峡是一部《水经注》，从远古年月伊始一直注释着水的出处。自从"细水长流"成了经典的谚语，故乡人像存钱一样开始拦坝蓄水，库存光阴。于是，峡口成了故乡的壶口，随心所欲的水汩汩进入旱地的田头，滋润着农人的心头。

峡是自然造化的迷宫，水能通行的捷径，无法让村民趟出一条便道。万千个春秋，铁门槛峡的门槛把两个鸡犬相闻的村庄挡在日子的背后，挡不住的亲情接辈传辈翻山越岭串着亲戚的门。

去年的阳光油铺了东峡的土路，今年的春风打开了鞍子山峡的大门，历史永远记着2009年的10月，静宁乡镇之间的路终于全线贯通。那个曾经在苦调的童谣里出现过的受家峡，此时，谷地的野荷开得泼泼辣辣，幸运地延长着生活的花期。

坪

一张平整的毛边纸上画着一幅山村的风光。

正月的年鼓敲打出欢快的情绪，阳光渐暖，几只麻雀在雪地上印出早春的足迹；六月的汗水把日子浸泡成白花花的盐巴，一树黄了的杏子总有一两颗跛了童年的牙齿；腊月的场里空旷了许多，颗粒归仓，只剩下挤在一起取暖的麦草摞，挡着农历的风寒。坪是一架古老的风琴，踩着岁月的踏板，白天黑夜的双色琴键弹奏出民歌的《十二个月》。

坪是村庄最好的看台。风从坪上经过，撞响洋芋蔓上吊着的绿色银铛；雨从坪上走来，田埂上东张西望的土拨鼠一个个钻进地穴；霜落水家坪，一片不屈不挠的玉米秆在田野上守望着家园；雪花覆盖了文家坪，总有一位早起的人扫完自家门前的雪，在众人行走的沟坡上扫出一条路，直通那个永不枯竭的水泉。

坪是故乡的塬，是一片很难捏出水分的旱塬。种什么种子结什么果，不掺假的泥土永远生长出朴素的庄稼。

崖

山与沟、河、川之间，一道竖着的边悬空立陡，那就是方言里的崖。虽为黄土断层，但坚实牢靠，不管八百年还是一万年总把一座大山一片高地支得稳稳当当。

崖边盖几座茅草棚，崖下挖几孔窨洞，从传说中的大槐树下领到准迁证的百家姓两三个在这儿扎下了根。住在崖边上的张姓叫张家崖，崖下面的王姓叫王家崖，崖从此成了故乡村落的一种代表性符号。

站在崖畔上大喊一声，生命的回声由远及近，认定有崖娃娃学舌的乡亲，认识了因果回应的自然法则，悟出了房檐水照窝滴的人间真理：做事不做愧心的事，走路走正自己的影子。

崖不是生活的舞台，但一条悬着死亡的边缘，也会孳生一出民间的悲剧。于是，崖边上生长的一墩冰草，永远在风雨中攥牢命运的手。

埂

自然斧砍的一条长凳，村庄坐在上面，看天看云看世事沧桑。

燕子盘旋在屋檐，风跑到阳洼里看柳，一只七星瓢虫落在新绿的麦苗上，埂子上的瓦房就有了民歌的意象。

白云飘过头顶，千姿百态的天象就是千姿百态的事象，总有一两种云的形状预示着雨的临近，庄稼就有了盼头。

大雁经过蓝天，天就高远了，咕噜咕噜的叫声让秋天的谷子低下思念的头颅。

唢呐在庄头上吹响，一辆戴着大红花的彩车进入乡俗的视野，红着脸的高粱身旁旋满一群嬉闹的麻雀，贴着红对子的人家，屋顶上的炊烟正精神饱满。

埂子是生存的坎，在埂子上铲过柴拔过草的人最能渡过生活的难关。

河

故乡的河永远在一个方言喊响的村名中伸展着，在一个山村孩子的童年里回味着，在一场大雨过后的日子里浸泡着。故乡的水永远在一片白云的首巾里包裹着，在岁月幽深的老井里封存着，在一个山区的水窖里珍藏着。

大河里有水小河里干，农谚不再灵验，无论二家河、四沟河，千年的河床成了一条废弃的路，所有的河水一个个赶乘地铁，只留下来不及蜕变的蝌蚪成了岁月的标本，以及一群掉队的沙石夹带着尘土经受着风吹日晒。

上游的沙地变成一片瓜田，下游的塘坝像一个磕了痂的疮疤在阳光下裸露。没有水的河就成了坷，成了生存的坎坷，纵然庄稼渐渐占据了河岸，但为水进出的大门永远被村民敞开着。

川

不是子在川上曰的那个川，曾经的沧海难为水，一片农田让五谷杂粮聚汇在一起，团结成力量。

川是两边的山队向后让出的空间，开阔的地平面更适宜城镇生长，一条公路从川心里穿过，两旁的村庄成了疲倦的鸟归巢的地方。

川离天最远离水最近，天旱时分，一个人工开挖的机井让村庄照样唱着水洗的歌谣，一条通向外界的路让村口的大树成了后山里的凤凰梦中栖息的梧桐。

人在川里，开阔的田野开阔了视野，麦子永远引进着新品种，玉米最先铺上地膜，红红的苹果是从这里开始一颗颗上了山，甜了山背后的日子。

荞花谢了，树叶一片片落下，放蜂的人依旧在路边上劳作；喇叭爬到川边上新盖的一栋二层楼顶，秦腔信天而游，涨潮的乡集成了年货最好的去处。车来人往的川道地区，和煦的春风正在把零乱的人家聚拢成新型的农村。

我的农作物兄弟

小　麦

小麦不小，占据了农田的大部分面积，成了庄稼地里的主流文化。

小是区别于另一种粮食大麦而言，浓缩的精华成了中国民间最经典的农谚，让一代代薪火相传。

无论山坡河川，不管沟岔旱塬，有村庄的地方就有小麦生长。一块贫瘠的土壤，一份勤劳的汗水，一个宁可饿死也不吃种子的生存信念，让一碗麦种在阴历的岁月中把农人的命运担当。

麦子需要八十三场雨，这不是一个数字的累积，是一个农历月份的排序，只要雨落时节，三场雨就可以带来人间福祉。

麦出火焰山，一把镰就是一把芭蕉扇，只要把六月的太阳束在麦捆里，颗粒归仓的日子就一个个饱满，麦香就萦绕出一夜连双岁的大年。

草帽、草帘、草锅盖，这些草编的民间藏品，让人想起庄稼的品质；草垛、草棚、草篱，这些小麦的骨肉兄弟，立在光阴的深处，叙述着一个冬天的故事。

洋　麦

经过一个冬天的休整，养足了精神的洋麦掀开冻土，第一个在阳山的靠埂下点数着春天的雪花。随着渐渐增高的春风，一墩墩洋麦苗像一条绿毯迅速覆盖了地面。

洋麦的根很苦，觅食的鼹鼠都要绕开它行走；洋麦的个头很高，永远头顶着命运的苍天；洋麦的茎秆很硬，再大的风也旋不倒它；洋麦的产量很足，麦子歉收的季节，洋麦主动经营着一个家庭的细粮日子。

洋麦秆打一个擤顶，苦在粮食擤上，那光滑利水的品性为所有待碾的庄稼撑起一把伞。雨水顺着麦秆流下，头碰头的麦子窃窃私语着夏天的情话。

一架坪上的玉米开始成熟，一堆篝火驱赶着野兽，一座洋麦秆搭起的窝棚，为看山人挡着秋天的雨避着世事的风。

望着洋麦渐去渐远的背影，永远记着它瘦长的果实曾经瓷实了生活的家底。

玉　麦

玉麦站在世间我站在玉麦中间，玉麦高过了我的头顶，依旧高不过故乡的白云。

一株玉麦怀抱着儿女站在地头，一片玉麦林齐刷刷在秋天里列队，守望着西北风渐渐高起的旱墚。

与小麦为伍，却没有小麦的高贵礼遇，不气不馁，成了我儿时的好伙伴，发芽、长个，抽出五颜六色的丝线，绣着童年的花边；不卑不亢，依然是我庄稼地里的好兄弟，播种、扎根，向上的劲儿撑起瓦房的天空，让一个土屋里曾经的梦话在阳光下开枝散叶，结出金黄的玉麦棒。

成熟的果实总让岁月的粗布一层层包裹，声色不露，赋予玉麦谦逊的品德，便有包谷的别名。包谷不保守，地膜率先进入玉麦的领地，保存着干旱山区仅有的几滴雨粒。细水长存，天旱时分滋润着每一个生长的日子。

玉麦就是玉米，有的洁白如玉，有的鲜黄似金。有了玉麦，方言里就有了金玉良言，有了规劝的生活农谚，永远纯朴着风情民俗。

玉麦不是细粮，大面积丰收最能稳住岁月的饥荒。玉麦面馍馍喂大的我，硬硬的骨头里从不需要补的就是生活的钙质。

扁　豆

扁豆虽小却是庄稼地里夏田，胸前挂着的无数个小口袋，把农人未来的希望装满。

种豆得豆，种扁豆还可以在地里头埋下养料的伏笔，让来年的麦子提前唱起丰收的歌谣。为了后人更好的乘凉，扁豆的习性肥沃着根部的土壤，注定它成了一种倒茬的庄稼，在阴历的岁月中永远栽着道德的树木，为他人做嫁衣裳。

扁豆与大麦一起种植，这种套种的和田，像村小学的大小孩子，享受着阳光的复式教学。

扁豆早已淡出乡村的土地，成了农业的一种添头，在偏僻的角落搭一个生活的旺称。

豌　豆

豌豆放在嘴里咯嘣嘣作响，嚼出一个清脆的童年。

豌豆从起根发苗曳蔓结果，一路泼泼辣辣翠绿一片。麦子出穗的时候，豌豆开出白色的花朵。一株麦子只抽一枝穗，一棵豌豆浑身上下开满了花，便有了索索串串的荚果挂在农历的眉梢上。

豌豆成熟的时节，地畔上就出现了一个踱来踱去的身影，总有几只鸟雀藏在背地里，像躲避鹞子一样躲避着那个身影背后的一双贼亮的眼睛。饥馑的日子，豆棚里的灯依然亮着，一声干咳给了黑夜里缩回去的手一个体面的信号。宁愿让豌豆减产，绝不会在豌豆地里喷洒农药的是故乡永固的心灵防线。

二月二，故乡的节日成就了豆类的盛会，豌豆、大豆、回回豆、鸡眼睛豆、黄豆，一个个走出门户，在村庄的手心里和和睦睦，你一把，他一把，共同绵长了村情的味口。

豌豆滚案板，案板滚豌豆，岁月的口令绕来绕去，永远绕不出泥土的怀里。

谷　子

从拔节到灌浆，一股冲天的劲头积极向上。成熟的时候，沉甸甸的谷穗低下头颅，眷顾着脚下的故土。

出生注定永久。第一个扛起生命的旗帜，让稻、黍、麦、豆与你一起列队。出发的时刻定制成谷雨的节令，从此一个五谷的番号在二十四节气中穿行，万千岁月，依旧风雨兼程。

谷乃国之宝。村庄与谷子的结合永远注解出社稷的概念，谷子与其亲兄热弟永远撑起厚土上的一方苍天，肩扛步枪的小米，给了中国革命胜利的营养，一株最饱满的果实镶嵌了国徽的图案，人民大会堂前便走来了一张质朴的笑脸。

谷子是五谷之长，千年的磨砺铸就了抗寒耐旱的性情，哪里潮湿，哪里风大，哪里就会有它坚强的身影；无论山高，不管坡陡，只要有一点泥土，就能扎下生存的命根。

石碾蜕去光阴的粗皮，日子便熬成油津津的小米汤，滋养着村庄恬静的意象。一头嚼着谷秆的牲口，油光发亮的毛色上站着一只越冬的麻雀。

秫　秫

秫秫在庄稼兄弟里个头最高，高粱就成了它的官名在普通话里叫响。高挑的秆儿可以经受住风雨的袭击，却见不了金秋的大世面，红着脸膛，面对上面下来评估检查的阳光。

故乡的坪上，一片秫秫红了，像田野举起的火把，燃烧着，渲染了秋天的景象，亮堂了村民的心房。

北风吹过山梁，一株拖堂的秫秫顶着风霜盘点昨日的往事，几只不肯离去的麻雀依旧啄开秋天的生字，汲取汉语的意思。

大雁飞过天空，秫秫从家乡的地平线上留下最后一道身影，然后渐渐撤离，带走了我儿时的秫秫秆眼镜，父亲生前编织的高粱席……进行希望的迁徙，让出一份土地，让其他的粮食作物多了生存的空间。

秫秫，我童年的一位伙伴，好多年没有相见，岁月可以遗忘，鸟鸣里不再有念想，而留在土地深处的根须不时地把我记忆之火点燃。

糜 子

一粒糜可以分蘖出一个群体，几粒糜就可以覆盖一片庄稼地，朴素的种子永远诠释着秋收万颗子的诗句。

把川水地让给玉米，把阳洼地留给麦子，拣最薄的山地信手撒上糜子，这些苦命的孩子总会手拉手团结在一起，用一种顽强的毅力在贫瘠的土地上站立起生命的形象，一片生机盎然的长势提前引来山背后一伙麻雀的窥探与标记。

糜子的躯干似竹一节一节向上生长，骨节却比竹节更硬朗，头顶成千上万个糜颗，弯了的只是脊梁，脚下依旧稳稳当当，走向秋天的赛场。

成熟的糜口很松，不像小麦的麦衣裹得很紧，稍有不慎就会掉落地上，成了来年稆生的庄稼，遭人嫌弃。

给我一把糜芒笤帚，我要扫净飞进土坑上的灰尘，听老辈们讲七十年谷子八十年糜子的陈年往事，听一颗光滑明亮的糜子是如何走出山村的门槛，成为金贵的黄米，增添了城市的营养。

荞

三片瓦，盖个房，里边住着个白面郎。荞颗，就像儿时的村庄，朴陋、直白，岁月沤黑了院墙，阳光从门缝里照射进来，生活的光景有一绺没一绺的。

有苦有甜是荞的类别也是日子的味觉。甜荞习惯生长在曝地里，那红红的荞秆绿绿的叶加上粉红色的花团一簇簇一片片，成了庄稼堆里最时尚最有看点的姑娘，成群结队的蜜蜂旋飞而来，各色各样的蝴蝶舞动着翅膀扇出山野的清香。苦荞习惯了在苦水中浸泡，苦苦的等待，那绿色的面团依旧嚼出苦苦的味道。山里人生活再苦，也不对着苦荞叫苦，他们总喊成绿荞，让绿色的期待在心中设伏。

麦子歉收了，在没有很好出力的麦地里种上荞，荞就成了茬荞，成了一种替补队员；在一块不知种什么好的地里撒上荞子，荞成了季节的一道填空题，补着光阴的空间，填充着日子的间隙。

庄稼兄弟里只有荞最好说话，种早种晚都要尽力完成一个生命的周期。麦子、玉米就连洋芋的品种都换了几茬，荞依然是祖先留下的黑色瓦罐，装着一部民间的《辍耕录》。

莜 麦

母亲坐在灶台上用一只推耙炒着莜麦，姐姐在灶膛里一把把添着柴禾，莜麦在热锅里发出劈里啪啦的声响，童年那个豁着的门牙说话便不再漏风了。

挂着长命锁的孩子，脖子上的一串挂件仓啷仓啷，追赶着父亲的脚印；田地里一株株挂满铃铃的莜麦，在风中齐奏出一曲天籁之音，一只田鼠便站在季节的田埂上望风。

莜麦和燕麦是汉语里的同义词，方言里却是一对反义词，有莜麦的地块，燕麦总作为一种杂草被一遍遍除掉。尤其是一种城府很深的黑燕麦，用硬硬的壳把自己的果实包裹得牢实，沉重的碌碡有力使不上，纯朴的民俗中只能成为一种草料，长着牲口的膘息。

煮熟的鸭子飞了，煮熟的莜麦永远土法炮制着民间生活，一口甜醅，醉了正月的灯笼。

胡 麻

一片蓝色的小花像一片蓝色的火焰从山坡上扑哗哗地漫过，几句秦腔乱弹像几只鹁鸽从地头上扑棱棱地蹿起，信天而飞，胡麻地一把把竖立的胡琴拉响季节的花音。

硬强的胡麻秆在岁月的角落里沤黑了皮肤，打断骨头连着筋的是一堆抱成一团的胡麻毛，在闲月里捻出日子的线纺绽，打出命运的绳索，缠紧辘轳，汲取深井的幸福；织出乡村皮实的口袋，装着同根的兄弟，装着一粒粒延续民间香火的种子。

胡麻薄了的年月，谁家锅里放一个油布子，整个村里就会香气扑鼻，从老油房里榨出的土方子油，让眼馋的涎水在开春的屋檐上结成冰棍。

胡麻依旧是过去的胡麻，胡油已然不是原汁原味，是什么让这个社会的许多东西变了味道？只有乡村依然保留着用胡麻秆缠棉花做成的油稔，点亮正月十五晚上的灯盏。

洋 芋

哪里种植洋芋，哪里就是故乡，哪里就说着同一种方言，做着同一种小吃。洋芋蔓烧热的炕头，盘腿坐着同一种风俗习惯。厨房里拉响接辈传辈的风箱，上房里打开喋喋不休的话匣，洋芋的块头大小成了阴历最关心的家常。

　　粮食在草篅里篅着，洋芋在土窖里窖着，凉水在井里保鲜着，腊月的炊烟就在瓦房上冒着，成了乡村的狼烟，锣鼓敲响，所有的乡亲都涌向年关。

　　童年在土坑里一起滚大的伙伴，走出泥土之后，乳名像蓝色紫色白色的洋芋花在田野里永远开着，而大名无论在什么地方都被叫成土豆，就因为土生土长的身世，有时会成为刀俎下的鱼肉，看着厨师的脸色挣钱糊口。

　　原本在乡村洋洋气气的东西，一经从山沟沟里走出去，大都烙上土的印记。不光洋芋成了土豆，母语也成了掉渣渣的土话，无法与其他语言和睦共处。

向日黄

　　你的名字注定了你成长的路线。万物生长靠太阳，唯有你成长的头颅始终跟着太阳转。当太阳下山的时候，你开始向东方转动，注视黑板，静静等待着下一堂上课的钟声。

　　你的名字注定了你成熟的方向。每天早晨，一个个明亮大方的花盘就是一张张笑脸，面朝东方，一面五星红旗与一轮太阳同时升起的时候，列队注目，金光万道，一片向日黄地充满了希望的朝气，蓬勃向上。

　　你是乡村里最美好的作物，硬朗的躯干不怕风吹雨打，目送着心爱的麦子从田间地头离去，挥挥手，主动挑起田野的担子，看守秋天的家园。当风变得冰冷起来，成熟的果实俯视大地，远去的云带走了你日渐消瘦的身影。

　　感谢泥土给了你娇美的面容，感谢梵高让艳丽的色彩认识了你的高贵，每一颗葵花籽都是你的儿女，遍布世界各地。

麻 子

在故乡人工栽培的植物中，只有麻子有雌雄两种。他们总站在糜谷的地畔上，围成栅栏，为庄稼遮风挡雨。

籽麻的籽实成了村庄闲时的话题，放在嘴边嗑来嗑去，吐出日子空壳，让岁月的脚踩得咯吱咯吱。不结籽的花麻在池塘里浸泡，剥出长长的麻叶。下雨的日子，瓦房里的拧车响起，一根牢牢的麻叶绳在鞋底上纳来纳去，一双布鞋就开始走向四处。麻叶绳拴住鞋底就拴住了一颗远去的心，走得再远，一种情愫永远牵扯着对方，一头是缔鞋的手，另一头是穿鞋的脚。

无论脱落了一层皮的花麻还是留下一窝子的籽麻，都是很好的柴禾，在暮色的灶膛里燃起熊熊的火焰，以硬气的火头，完成了一生的涅槃。

旱塬上的风情

苹果花

桃花开，杏花绽，急得梨花把脚拌。拌脚声惊醒了身后的苹果花，卯足了劲头用雪白的棉团把旱塬的天空擦得清新明朗。

果木的花序就是渐次行进的节气，花与叶在季节的枝头上同时绽放，田地里一片灿烂的笑容舒展在农业的偏旁上。

起程，从春露到秋霜，一路汗水浸洇了这块最美的地方。

山菊花盛开的时节，出嫁的苹果红火了阴历的日子。每一次上路带着山风的叮咛寻找山外的问候；每一次远行，头顶上漂浮的云牵挂着故乡甜美的风景。

旱塬的苹果花是一种希望，一种命运的担当，成长在被贫穷浸泡了千年的瞳仁里，收获的果实挂满幸福的天堂，让心灵深处有了永不倦怠的向往。

炊 烟

是村庄里拔地而起的庄稼，生长的高度是一种生存的向往，高过头顶，高过瓦房，高过山冈。

田野里的秸秆精心喂养，四季的阳光温暖心房。晨夕缱绻，袅袅攀升，拓展了日子的空间。日出而谢日落而开，聚散离合，诠释着农谚的境界。

四面土墙堵不住岁月风雨，三五间瓦房蓄满世事沧桑。炊烟不断，弦歌不辍，故园的天空一缕炊烟是最亮的航标拉近了最远的路，为远行的目标竖起回归的信念，制造早晚思念的理由。

黄土高原，一次大风可以吹净走错的脚印，一场瑞雪可以覆盖歉收的埋怨。把一生交给黄土，背负命运的苍天，点燃人间烟火，夕夕炊烟才有了生命的根，在高原深处在离天最近的地方顽强地生长，生长，欣欣向上。

山顶上的旱柳

在北南风不避的山顶头，一棵旱柳再矮小也提升了山的高度，也平添了山的清秀。

每次归故，望见故乡就仰望到那棵旱柳，一团绿韵就是一份喜悦的心情。

不知年轮，不问出处，从记忆到现在一直站立在岓头，栉风沐雨，酷暑严寒，像一面旗帜永远飘扬在村民的心头，像一位哨兵坚守着阵地，为南来北往的云敬礼。

风刀雕刻了粗糙的树身，斑驳沧桑的岁月被阳光照射着。冰雪压折了一根老干，一只栖息的乌鸦说着曾经的风光。一块重塑人生的硬节成了一枚勋章，风再也无力让它走出阴历的时光。

山顶上的旱柳，几枝成长的新芽继续着生命的章节。

故乡的金盏花

山坡上、大路旁、庭院里，金盏花开了，五月的阳光被涂上了金色，故乡的日子被镶上了橙红的花边。

一只蜜蜂飞来，金黄色的花粉铺满一条酿蜜的路；两只蝴蝶飞走，一个爱情的故事便有了诗意的开头。

　　高原举着季节的灯盏，再大的山风也无法吹灭心中的火焰，泥土添加着灯碗里的油料，再苦的岁月也无法熬干生活的信念。成熟的籽种像一个个紧握的拳头，向着阳光宣誓。攥在自己手里的本金，为下一个征途的远行卯足生命的牛劲。

　　活着必须给人间开出鲜艳的花朵，离去也要为大地留下饱满的种子。故乡的金盏花像一首浓郁的山歌，永远用亮丽的颜色装点生活的空地，用最热烈的语言抒情山里的季节。

季节的序曲

立 春

有些事物必须赶到立春前到达，比如一面鞔好了的年鼓，一头扎得威风凛凛的狮子以及一包挂号寄走的祝福；有些事情必须赶到打春前完成，诚如母亲给外地的儿女冷藏在柴房里的食品。春气动了，狼狗都追不上万物复苏的脚步。

像始终不渝的方言始终不渝地把立春说成打春是我始终不渝泥土情怀的乡亲。是谁用西北风的鞭子，抽打着一头从冰眼里伸出头走在山村冻路上的春牛？

打春让人想起打雷，一声乍响突然降临人间，更会让人与打井联系在一起，一个漫长的挖掘过程有如一个冰雪融化的季节，抵御地下的阴湿与地面的寒流都需要勇气。

红对子贴出喜庆的气象，此起彼伏的爆竹报着日子的吉祥，迎春就像迎娶着新娘，过事一样过着三天大年的民间，每一头走出圈门的耕牛额头上喜气洋洋。

雨 水

这是一个雨雪交班的时节。有时雪也会为雨顶着上几节自然课。

春眠不觉晓，睡过头的雨搬开门，随手用笤帚在水缸里一蘸，洒向人间的春雨便贵如油了，一株渴望得到雨粒的庄稼在春光下顽强地分蘗出一枝鲜活的农谚。

春天经过雨水的节气，依旧羸弱，像阳山里一丛嫩黄的草芽需要风的吹打和阳光的哺育。

雨水，永远是一篇作文的开头，内容的好坏不在文字的多寡，关键在于几个时间点上有没有打动庄稼成长思绪、抒发泥土深处情怀的动情点。

惊　蛰

不是一声春雷乍动惊醒了蛰伏在土地上生灵，是一只黄莺的啼鸣惊醒了闺房的春梦，一位姜人的思念行程就此搁置在辽西的途中。

惊蛰，仿佛是人们关切地询问从洞穴里一个个跑出来的小动物，"惊着了吗？"

惊蛰分明是校园里特有晨景，一阵急促的起床钟让每一枝桃李一骨碌从床上爬起，赶到春天的广场上集结，杨柳在风的口令下摆动着手臂，杏花在春天的旋律中弯着腰肢，阳光走进每个角落，琅琅的书声开始解读着"一日之计在于晨"的含义。

惊蛰一旦惊醒了一个浪子，回头的不只是方向，理想的复苏和价值的复活，让泥土剔去岁月的斑斑点点，秋天的原野上就会捧出一个向日葵殷实的果盘。

春　分

经过对雨水和蛰伏物的调研论证，春天调整了昼夜的分工，好像新官上任的一把火，给了农事紧张的节奏与气氛。

春分，一道节令的界线，让春一分为二，一边是光秃秃的田野一边是绿油油的麦苗，一边是希望的等待一边是生长的竞赛，一边是尘雾迷漫的气候一边是清新明媚的日子。

春分是一个为新坟扫墓的节气，这一天古今人坐在一起，一张飘动的坟纸让对面不相见。几株冰草芽从新坟上长出，一位殁去的亲人，生命的气息得到了延续。

清 明

似乎成了一个永久的命题作文，每一位从此经过的文人都会留下心灵的诗篇、经典的美文。是清净明亮的气候、雨纷纷的意境触动了诗人的灵感？还是一座绿草如茵的墓冢以及几多思亲的泪水打湿了作家的情怀？

一粒瓜籽开始上路，背负着农人已然期待的使命，穿过岁月的行程，朝着一个甜美的目标奋进。豆子在泥土里打一个盹儿，猛然掀开窗户，埂子上的冰草早已侵占了地头。

种瓜得瓜，种豆得豆，坚信这个理儿的乡亲在坟地里种上松柏，青青的枝条是一种永久的缅怀。

山风摇曳的诗意

杏 树

对生命的渴望可以让一颗杏核顶破世事坚硬的壳，泥土便是一张最好的催生温床。

一株杏树的成长过程永远蕴藏在一个童年的影子中，抑或一棵杏树的经历梗概了一个村庄的长篇故事。

这世界最粗糙的皮肤莫过于故园的杏树，最黝黑的面孔莫过于杏树在风雨的挫折中隆起的骨节，最伛偻的身影莫过于杏树的躯干，最苦口的滋味莫过于坚封在阴历深处的杏仁。而成熟了的每一颗红杏挂在岁月的枝头，像满天繁星灿烂了村庄和夜空。

阅读村庄最甜美的语言，感慨青杏的命运，感激青黄不接的时节一朵野菜的挺身而出，让一个土块破涕为笑。

红于二月花的霜叶不是枫叶，是故乡山上的杏林。霜的画笔写意了村庄的图画，西北风吹旺了季节的火焰，火红一片的杏树温暖了乡情的路程。一个叫杏花的女人正站在村口，等着从冬天的远路上赶回来的第一场雪。

梨 树

一棵梨树经年站在梁头，站出了一个梨树梁的地名在民间的学校里叫响。风雨剥蚀了前村的瓦房，不老的是头顶上的月光，依然在梨树的枝梢间与风捉着迷藏。

千万棵梨树走进北部，源于一个早晨清新的阳光。寂寞开无主的驿路上，成千上万只蜜蜂扑进花的海洋。早酥梨挺拔向上的劲头，让村庄看到了天亮的门缝路开了，日子的河床也就宽了。

门前的那棵梨树倒下了，父亲清瘦的身影依然在记忆中站立。一颗颗大沙梨小心翼翼装进草篓的往事，在麦草缠绕的保暖层里卧出金黄的品质，滋润着岁月的咽喉，把老屋操劳过度的心火一次次塌了。

箱子里至今封存着父亲用梨木刻的印章，村民的姓名一旦搜入木质的材料中，像远古的岩画像原始的甲骨像历史的竹简，岁月的印泥拓出一户人家心中的太阳。一棵遮风挡雨的大树，主动把为人子为人父为人夫的责任担当，炊烟就会在阴历的天空中扯起喉咙，把日子的情歌唱响。

榆　树

不愿揭开岁月的疮疤，生活的痛处痛在历史的骨头里，可我无法阻挡思绪像无法阻挡一个很有个性的孩子，他总会打破常规把一些早已埋葬了的事情翻出来见见天色。

1960年是一个让我的父兄刻骨铭心讲得声泪俱下的民间故事，也会让每一位历史学家触摸到中国农业的命脉。遭受灭顶之灾的榆树一个个赤裸着身子在饥馑的寒风中战栗，是谁剥光了它们的衣服？那个有气无力的年月，炊烟成了洪荒中众多溺水者企盼的风帆。

自故乡来的风，像一只栖在窗前的麻雀，婉转地告诉我村口的那株榆树挂起了串串榆钱。光背赤脚的童年伙伴一个个从榆树上下来，带着真诚的憧憬和朴实的梦开始经营起一个独立的门户。温饱与学业让我们的儿女不愿驻足榆钱可餐的秀色，他们习惯了放弃品尝野花野果的滋味，让童年与传统的经典情节擦肩而过。有人打扰与无人打扰一样，每一棵榆树依然在枝条上泼泼辣辣挂满开心的果实。

村口的老榆树几十年依旧以一种姿势站着，从未挪动一步，以一片浓荫罩着夏天的日头，从未歇过脚。她的眼前是出山的路，身后是一座孤独的屋。

杨　树

山顶、路旁、地畔、崖边……不管地势不问天气，只要有泥土只要是春季，随手栽下一枝都可以扎根发芽都可以生儿育女，长出参天大树扯起一片浓荫，让喜鹊、鹞子这些友邻把窝垒在高高的枝杈里，让蚂蚁、麦牛这些小精灵搬运季节的阴凉。

钻天而上，成了山野眼里唯一能与云搭上话与天握过手的树木；苍劲挺拔，成了小村心中看重的栋梁之材：永远竖起村庄的向往，撑起瓦房的天空。

世事的雨针偶尔走乱了时令，岁月的风标有时辨错了方向。成群结队的天牛像蝗虫开始浸入山村的肌体，成千上万棵杨树同时被阳光开出病危通知书。与大山与深沟长相厮守的伙伴一个个倒下了，每一棵病树前头一个新品种的杨树苗正在茁壮成长。

像藏民的经幡，像渔民的桅杆，故乡的杨树是故乡的信念，仰望的瞳仁里永远祈祷着风调雨顺，收获着人寿年丰。

桃　树

从历久弥新的《诗经》里走来，至今依然灼灼其华；从兴高采烈的民歌中走出，在每年的三月打头开放。

积雪尚存，东风依然冰冷，贴在地皮上的草芽是春天送来的第一首小诗。只有桃花开了，一组灿烂美好的意象让阳光的杂志把桃树推到一个诗人的首席位置，春风因桃花而趾高气扬。

樱桃好吃树难栽，故乡没有栽不活的樱桃树，那晶莹透亮的樱桃像珍珠挂在阴历四月的项上，平淡的生活就幸福芳香。

成熟的毛桃长满了绒毛，与麦子的麦芒、豌豆的果荚一样，叙说着一个民间事理。

桃三年、杏四年，核桃枣十八年。在故乡的果树里，桃树开花最早挂果最早，早生早育让它成了故乡最矮的树木。看屋后的桃树像看一个拄着拐杖的小脚老人，沧桑的面孔不知流过了多少辛酸的泪水？

红花还要绿叶陪衬。故乡的桃花洇出一团团红霞之后，才开始抽出绿叶。先有花后有叶的生长次序，永远让故乡保持着一种原生态的民风，朴实率真的面对生活，从不需要春风的包装和另一种生命的映衬。有时，反倒在另一种气势凌人的风景挤兑下矮下了身子。即便如此，它们依然神采奕奕，微笑着向你传递春天的消息。

花豹湾

姓氏宿营扎寨
花豹就背井离乡

在一个湾里生根立后
千年百年过去
一片麦子与一坨玉米
依旧做着邻居

不只一处
野狐岔、山羊湾、牛站沟
一个叫响的地名就是
一件缅怀的瓦缶

赵思文家

一个山岔岔只有赵思文一家
赵思文家就成了一个山岔岔的姓名

一个山岔岔不再是赵思文一家
赵思文家依旧在地图上醒目地标着

赵思文家、张万锡家、尤富汉家
一家一家就成就了国家

一棵大树生长着无数枝干
一枝就是一个村庄就有无数片绿叶
总关情

苦水崖边

这是一个苦得直咂舌的地名
一方水土照样养育一方人
从不进行希望的迁徙
千百年过去
李家的井水依旧汲满王家的铁桶
王家的地界让着李家的三轮

苦水养大苦水崖边的人
骨骼里苦味的钙质
硬是撑起红高粱的头颅
天塌不下来
风中的苦蕒菜在一把二胡的煽情下
有了开花的想法

门扇岔

岁月推开山门
咯吱一声
山里的日头就映到窝里

屋檐下羞赧的辣子
台子上圪蹴坐着的玉米棒
院子里小鸡捉着生字
民间语文里
一些血肉丰满的句子
继续感染着故土兄弟

一只公鸡打鸣
整个岔里的灯都会叫醒
山风牵出枣红犍牛
一天日子开出新的户头

琵琶堡

盘古的板斧无意中让一个山头

成了演绎民俗民情的道具

岁月的风铃

合奏出四季五音

非黄钟大吕的炊烟

经久不断

一块田埂一根生命琴弦

谁的手指拨动

豌豆开花小麦出穗

吃奶的羊羔双蹄跪

一双绿眼睛伸出草地的栅栏

祖母故事篓里的弹子球

磕响村小学课余的童年

一掀土

抟土造人的女娲
手中的铁锨把折了
一掀取之照世坡的黄土
让民间岁月
不停地搬运一个美丽传说

一掀土可以隆起一个山丘
可以生长千年的冰草
我一生牵挂的五谷杂粮
愿望之壑
一掀土就能填平

一掀土可以挡住流水的去路
可以崴了西北风的脚
我那朴素如土的乡亲
生命的瓷器
一掀土就能尘封

糖坊里

剥开日月的糖纸
一粒糖果走到阴历的唇边
山里的土作坊
酿造出山里甜甜的梦

地名的糖性
粘住乡情的页码
一只飞出去的鸟岁月深处
含在嘴里的饴糖
蛀了乡愁的牙齿

官道岔

官道岔里行走

南下的风像六百里加急

驿道的尘土

打进眼里

一个王朝的马蹄踩痛路旁的小草

一只蚂蚁在嘤嘤抽泣

官道岔里行走

西去的云像驼队一峰一峰

日月的铃铛哐啷哐啷

丝绸路上

一位客商的汗水像一只蚕

吐出一条通往西域的路线

官道岔里行走

一条宽阔的人民公路

绵延至乌鲁木齐

岔口成了路口

梳妆打扮了一番的农产品

正向过往的车辆招手

和尚铺

从前有一座山
山上有一座庙
庙里有一个老和尚
老和尚对小和尚说
从前有一座山……

这是一个历史的禅语
岁月无法参透
抑或是生命的循环小数
商出人间烟火夕夕

老和尚走了
小和尚变成老和尚走了
庙成了风雨的铺子
岁月的柜台一个村庄的手指
点数嘣响的阳光硬币

马莲曲

百年千年
马莲死守着巴掌大的营盘
从露到霜
一墩墩墨绿的叶子
摇曳着山坡的时光
由夏至秋
一枝枝紫色的花朵
灿烂了路畔的岁月

一株茎秆老去
另一株挺立起成熟的头颅
一朵花告别阳光
另一朵点燃季节的油灯
我那耳背的表妹
终年四季听不清风言风语
只把一条根深深扎进
马莲花盛开的村中

铁匠湾

先有湾后有铁匠
先有铁匠后有铁匠湾的村庄

湾是高原上
人类适宜居住的空间
背风向阳
大地湾眼里
蓄满五千年文明的曙光

铁器是方言里
不可缺少的名词
炉火正旺铁锤叮当
小铁匠成了老铁匠
淬火的日月釉出黑黝黝的脸膛

砧子搁在阴历深处
风匣布满岁月的蛛网
铁匠不再是一个村子的分量

落满铁屑的村口
依然让一个庄里的民风硬朗

铁匠湾
没有铁匠的湾更增添了历史的联想

风紧川

风紧川里的风很紧
搭在背上
像一条浸水的麻绳
一节更比一节紧
一阵更比一阵冰
草腰绳扎紧往事的裤口

风紧川里的风很硬
戗在脸上
像一把绷紧了弦的二胡
苍凉的音符锯响
岁月关闭了
一座老屋的心灵窗户

风紧川里的风景很靓
风赶着一川苹果树
像赶着一群雪白的羊
阳光照着深秋的瓦房
每一颗红嘟嘟的苹果
树枝上摇响日子的铃铛

和老家人一起过年

背搭着手在故乡的小路上散步
这种惬意的习惯已经断流了几个年头
村庄扩展
几座陌生的院落擦亮了时间的瞳仁
一群相见不相识的孩童
从相貌上勉强找到他们父辈当年的身影

和老家人一起过年
久违的民风就会从心头吹过
贴着红对子的门楣热情地向我敞开
把微笑留给憨厚的乡亲
把灵魂交给亢奋的年鼓
最丰盛的炊烟提升了日子的高度

三喜开着自己的车
穿貂绒大衣的是远嫁新疆的月娥
所有的鸟挤到春天的枝梢
见到多年未见的伙伴
岁月了却一桩心愿
故土的手心里依然攥着思念的线头

面对一块荒芜的土地

犁沟里耕不出钱
钱在外面的脚手架上悬挂
蒿柴棍要靠墙立着
土孩子要靠教育挺起脊梁
好老师进城了
有办法的人家也就跟着走了
只有背不动的土地
挂着杂草的锁子

风吹起一片油菜花香
笔挺的麦芒挂满阳光的金质
啁啾的鸟
啄破晶莹的露珠
风光的日子
早已被阴历的雪花覆盖

庄稼提前病退
松软的土板结成硬块
一只土拨鼠在田埂上

大摇大摆

两只乌鸦让

原属于天空的翅膀扇起一片凄凉

一块荒芜的土地

是一位失业的精壮劳力

即便浑身是钢

也只有生锈在寂寞的时光

扔掉一点馍馍渣

心痛的是农人

扔掉一整块土地

伤心的是怀揣着土地证的村庄

送寒衣

边塞地带

一位千里寻夫的民妇

喉咙里射出万千条箭

一支更比一支尖利

一声更比一声钻心儿

泪水凝固的秦砖

砸痛了长城的脊背

一团熊熊纸火

暖和了一堆赤身的骨骸

寒风吹过

一种民间传说的植物盛开

缅怀的花蕾

阴历十月一日

十字口停着一辆邮车

黑夜里一条通往故人的路

飞舞着一群灰蝴蝶

村头
有一个名叫孟姜女的村妇
与两个咩咩的羊羔一起跪着
像三块无家可归的石头
在路旁丢着
认领她们的农民工
像一片霜杀的叶子从在建的楼上
轻轻落下

火苗再旺
照不亮回家的路
寒衣再厚
暖不醒一颗沉睡的心

瓦 房

西北风低了
燕子在屋檐上卸下行李
一颗土豆钻入泥巴的工棚
田野上
一缕清新的阳光
照着一个女人单薄的身影

雷声大了
乌云的草筛筛下一院雨粒
落在瓦房上的
依旧照着檐水窝滴着
一把镰刀赶着阴历的集市
旋黄旋割着麦子

天越走越高
风与霜撞了个满怀
玉米棒一个个爬上院墙
一张刚刚贴上去的奖状
增添了瓦房的文化含量

空旷的地头孤独的土拨鼠东张西望

雪落屋顶
宁静了村庄的瓦房
一垞热炕上
一只猫与一位盘腿而坐的老人
听着秦腔
听出日子的脚步上了台阶

一九九五年

土地的脚把骨裂开一道道皲口
村庄一瘸一拐地在旱季中行走

云朵成了归巢的鸟
雨粒与麻雀一道从故乡的天空中消逝

检查抗旱的同时检查养羊的指标
村小的学生顶着蛇皮袋子在山顶上吃草

一只小尾寒羊从村口的东家转移到村头的西家
只有一位年轻干部说了句，这羊有点面熟

黄土地上的云

天空的草场
风终年放牧着一只只肥美的羊
天堂的路被啃得瓦蓝
星星的花朵在静谧的村庄绽放

闪电的鞭子甩响
黑压压的羊群入圈
山成了遮挡的栅栏
谁在为田野的庄稼挤着奶水

把生命交给脚下的黄土
把灵魂交给头顶上的庙堂
一年四季仰望的瞳仁里
收获雨雪的清香

井

无论是掘还是挖

一个动词向下，向下

一口井

挖出村庄的天

月亮掉进井里

阳光爬上井栏

一声蛙鸣

抬高阴历的炊烟

井的深度

就是水的高度

弯腰的姿势

扯起岁月的歌喉

清澈了日子的朝朝暮暮

离乡背井

方言的命脉蹚出季节的脚步

走得越远故土越近

扫毛衣

必须赶到霜花未谢
一把铁锹铲过草皮有如
剃刀刮过头皮一样清脆
沧桑的扫帚
像麻鞭将散落一地的羊只
赶过秋季
一垞热炕
温暖了那年冬天的夜话

几十年过去
清晨扫毛衣的声音
成了岁月的踏板
不时提醒我从掏出的炉灰里
拣起一块未化的炭渣
续住农谚的薪火

剜野菜

苜蓿芽刚从阳屲山的领口里探出头
旋了一地的蜜蜂
疯狂地采撷春天的花粉
青黄不接的蜂格格里
盼着救命的稻草

生产队长的恐吓声
犹如二月的风一阵更比一阵紧
逃匿在鸦儿沟里的兔子
焦急地等待着守株的人离去

苦荬菜从穷窝窝漏风的梦中走来
春风的轿子从对面的坪上抬出
一把铲剜出长长的根系
一滴白花的奶汁从断根上流出
是盘腿坐在灶膛旁的母亲
掉下的一颗断炊的泪汁

苜蓿芽、苦荬菜、灰菜、绵蓬

这些生命的野菜
与我一同争抢过生存的天空
如今，它们一个个进城务工
在食堂里看着老板的脸色
在餐桌上迎合着领导的口味

结籽的民谣

冻土里萌芽

雪一片片润着

山野中开花

风一遍遍刮着

夏季里结籽

日头一天天晒着

山阴道上

季节的脚步走过

天，一会会儿亮着

日子，一会会儿暗了

与云为伍

信天游着

丽春花红了的时候

一片片庄稼在人前矮了半截

远离故土的山雀

一肚子话在心里憋着
白羊肚手巾包着
出门洒一路的山歌
被叮嘱的话儿噎着

风

长途跋涉的风像一辆火车
轰隆隆从村子里辗过
鬼哭狼嚎的夜晚
一片云尿湿了裤子

坐在县城的高楼
一片浑黄的天
是多少土地的血色染就
几瓣奔跑的杏花找不到回家的路

故乡人习惯了的黄风土雾
一旦称作沙尘暴
就成了打进环保部门眼里的
一粒沙子

几点细雨的规劝
落在玻璃上的泥点
像一位上访的农民
不肯离去

红寺移民村

南去的咕噜雁衔走一个麦子色的地名
北来的火烧云牵挂着流浪的灵魂
蜗居的水窖沤出祖祖辈辈清凉凉的梦

风把一个村子从缺水的地带连根拔起
阳光移栽在暖暖的日子里
背不动的地窖让雪花一片片覆盖

每一个崭新的盒子里三四根火柴
掰开岁月的门燃起人间烟火
身后是一条热泪盈眶的小河

一队感恩的蚂蚁
抬着贡品像一群抬着牌匾的民众
敲锣打鼓向春天的方向走去

朝天大路

羊在地埂上啃着苦调的民谣
用羊肠比喻的路
风一次次绊倒两小无猜的童话

乏驴坡上踩散的土圪垯一直滚到山下
走水田里的庄稼挑着毛笔头般的干穗
在阴历的天空上写着检查

推土机像一头猪拱出一片片梯田
人机结合朝天的大路翻山越岭
两排小树提醒新卖的农用车行走右边

出嫁的洋芋露出开心的笑窝
苦守一生的母亲穿着最干净的衣裳
路口上等着进城的班车

春天回家

小草一样钻出地面
我在乡亲的面前突然出现
几滴雨粒关切的叩问
洗刷了世事的尘埃

风像儿时的伙伴
使劲推着脊背
走在高过村庄的路上
心境开阔了许多

山毛桃画了一片粉嘟嘟的画
惹得一位蜜蜂的诗人吟哦
旱柳生出一团绿烟
不知为谁烧火做饭

前村里的社戏
引走了整个庄子里叫喳喳的鸦鹊
我只有和几只年迈的麻雀
靠在墙根下聊着天

洋槐花

洋槐花接起青黄的季节
一簇簇雪白的花朵
像穷孩子的笑
灿烂了乡村五月

奇异的香气
与小人书里的故事
一起溶入血脉里
支稳人生过河的劣石

窗前的君子兰开得正旺
洋槐花，一生感恩的花朵
像不下堂的糟糠
一串果荚把阴深的岁月嘹亮

火　盆

一个旧搪瓷盆装满灰
安上四条木腿
就能与父亲说起话来

人心实火心虚
记着这个理的父亲
让木材枕着火枕做起火苗的梦

浓烟挤满屋子不肯离去
有的干脆进入肺腑
咳嗽不停地抗议

烟熏火燎
夺眶而出的泪水
为一顿罐罐茶埋单

福音农村

一苗银针挨门数窗
拨亮油灯的饱经沧桑
所有的瓦房亮堂
硕大的灯花从心底里歌唱

一条岁月泥泞的山路越修越宽
一块沉默已久的石头
数着来往的车辆
喊出了积蓄多年的念想

勤劳的蜜蜂在荞花上采蜜
风从身旁走过没有带霜
也就没有收税的粗厉声
让一株株庄稼弯下脊梁

一粒种子扑入泥土
陪嫁的阳光滋生多彩绵长的梦
成熟的麦子码在田野上
一摞摞趾高气扬

想着青草的羊

黄家坡生长着百种植物

岁月的白驹过隙

风雨打下姓氏的记号

一些成了庄稼

一些成了野草

一棵草拴着一只羊的心事

一块庄稼揪着一个村庄的心情

有序排列的粮食

改变了路的方向

杂乱无章的草

死死拽着水土流失的手

一朵野花是一盏灯

照着村头那条磕磕绊绊的路

高　粱

与云朵一起列队
站成田野的高度

扬起成熟的头颅
面红耳赤
也要与天空争个高低

面对风言风语
摇摇头就算过去

从秋天的原野里消逝
埋在泥土里的根系
不时勾起锄头的回忆

荞　麦

放蜂的人来了
满山的花儿挽起来
舒朗了秋的心情
生存的劲儿拉长生命的周期
霜杀的季节
依然在旱塬上挺立

一粒粒黑色的金子
三角的结构
稳住夏粮歉收的日子

摘棉花

踏上西域的路

一群叽叽喳喳的山雀

擦亮新疆的天

勤快的手掐灭原野上粲然的灯盏

心中同时掐算出门的日子

汗滴禾下土

从生长唐诗的地畔

踱出一个人影

不是悯农的李绅

是孩子课本中那个放鱼鹰的老板

一张涂满颜料的羊皮

是锄禾的锄锄出来的一块釉片

家

男人的家是女人
娶妻就叫成家
失了家就是一只失伴的孤雁

女人的家叫娘家
娘成了一座坟头
依然牵扯着女儿回家的脚步

分家是一棵树分出几个枝杈
树大根深枝繁叶茂
老案上供着同一个先人的是本家

离家是离开那坨地方
即使全家人全过着异乡的中秋
窗外的月光依然照着老家的井口

家是孩子的一坨热炕
家是母亲堆满柴禾的灶膛
家是小名生长的地方

家是大名抬高炊烟的瓦房

家与姓氏、地貌连在一起
就成了一个亘古不变的向往
黄家坡、王家沟、张家岔
一杆秤上的秤星
乡情的秤砣
永远掂量着岁月的分量

过

把平常的日子看作一条河
水深水浅
无桥无列石
都要蹚过
过日子最好细水长流

故乡的大事只有两种颜色
红事红红红火火
白事白茫茫一片
只要亲戚邻人出面
过事就没有过不去的坎

把年叫做年关
过年就是过着一年最难的一关
日子的台阶高了
岁月的城墙低了
年成了一种乡情的故乡
一只只山雀飞到鸟的天堂

难

父亲未能钻出昨夜的涵洞
就成了古人
一丛青草覆盖
清明的雨背负着痛

流失的时间
像一条废弃的路
两旁的草淹没坎坷
风雨便有了辛味

野菜拨亮民间的灯盏
谷糠拉扯着青黄不接的炊烟
河水上涨犹如窜过季节的蛇
浮肿了阴历的岁月

困与难浸入生活
补钙补铁
硬朗的民俗骨骼上
一只栖息的山雀不再贫血

老

饱经沧桑的树叫老树
老屋站在岁月的屋檐下
依旧遮挡着日子的风雨

出生就注定永生的地方叫老家
迎娶就是嫁接
与一棵树长相厮守的称作老婆

逢人都叫老哥
出门在外总要矮上一截
只有口音相同的才是亲兄热弟的老乡

终年与乡亲为邻的老鼠、老鸹
这些老字辈能接辈传辈
正是踩着故土宽容的软肋

在故园
一切可以丢掉
唯一不能丢的是一张老脸

苦

出门干活叫下苦
出卖苦力有时像卖血一样
怀揣几个钱
换来日子的油盐

吃过苦苦菜
一肚子苦水
从眼里流出来
一车火车
远离了苦难的站台

苦水河依旧流着阴历的岁月
一片苦荞愉快生长在山坡
苦口婆心的农谚
像山风一遍遍提醒着
几只好了伤疤忘了疼的山雀

胡家吹响

四个人
三种辈分
吃百家饭
走百家姓

这世上多一个人
少一条命
全凭手中的锣鼓
接风饯行

无情却有情的岁月
在笛声里增减
离合悲欢的人间
唢呐声中听冷暖

逢场作戏常常感动自己
喝粗茶与品名酒
音色一样迈力
拿几个子儿心中有数

四种乐器四把谋生的工具
风雨兼程
走不完寿庆婚丧
走不出阴历沧桑

农人的势

死记着手闲口闲这个理
死记着阴历节气
让农时的车
辗过岁月霜期

家无余粮存不住宝
一篅子粮食
一篅子白花花的银子

有粮就有势
步子最稳话儿最大的
场里的草垛一定摞得最高
一料庄农绝收
一家的炊烟矮了半截
一肚子愁肠
在土屋里窝着

一袋麦子换不来一个生字
一篅粮食更改不了山里的姓氏

把儿女念书看得和籽种同等重要
是那跟在牛后的乡亲
背日头背会了古训
换粮种换出新的脑筋

家 乡

在神话的源头
离天最近
女娲补着漏雨的茅屋
搬动岁月梯子
踩响历史瓦片
留许多石头
砌起生活的台阶
垫平山野小路

与云彩为邻
离雨最远
伏羲开山狩猎
木勺舀干小河
石刀剃光山头
剩下死心塌地的黄土
与麦子一道
把村庄的根基固守

水低山高

轳辘的绳索很长很牢
民歌生长的地头
双蹄跪着吃奶的羊羔
成熟的土语
种子与蹄印不离土地
身后的草垛不倒
踏实的心迎风送往

浆水缸

故土之上
一件件陶器
唯有浆水缸
调味四季故乡

五谷养育了生命
盐块硬朗了生命的骨气
浆水穿肠
骨子里流着乡情的元素
民间滋味从岁月的缸里泡出

农事的白话

家乡是绿色的信筒
投进去一份思念
一声问候
又被岁月的邮车送走

老铲翻开泥土的书页
小草的字腿腿
无法让茧花的手逮住
白话的农事便夹杂着
许多歉收的句子

风收割了山上山下的景色
雪花填平路的坎坷
秦腔成了冬天的花朵
在村子里使劲地开着

泼出去的水
顺着月光重归故园的陶钵
流浪的星永远
感受家乡心灵的温柔

褡　裢

一条褡裢搭在肩上
一副家庭重担攥在心头
面朝着地背对着天

前面装着世事风雨
身后挂着家里的炊烟
活着就有操劳不了的事儿

放下褡裢
不忍闭上眼睛
儿女的光阴依旧揪心

麻线绳织就的家什
离我们渐远
生活的负担无法在岁月里减去

铁 锨

不同活计
不同工具或方或圆
都是劳动的规矩
手勤脚就勤了
怀中的铁锨明了
一担光阴
驱走一冬寒冷

没有保鲜的农具
也就没有生锈的日子
闲月里
喔喔的金属声
迎着风中的黄蒿

耕　地

村庄唯一不能赊账的

是农事

误了季节就误了土地

歉收生存的底气

男人出外

一头牛把女人套在犁沟里

地在女人的眼里是结实的鞋底

纳出一垄垄匀称的针脚

爬上山头的太阳

像蹲在地头抽烟的男人

看了一眼的女人挺起胸脯

盛住脸颊上滚下的汗珠

此刻，一朵野花在山坡上开放

那是妻子童年的身影

如今她住进没有农活的县城

而她的姐妹

那些耕地的女人

不时给我们捎些精选的洋芋、面粉

给亲戚办事

每到夏季
我的手机像一棵大树
里边藏着一群蝉
不停地鸣笛

原本是一株山菊
长在乡间时低人一截
到了城里就开旺了人气
从不走动的远亲戚也会来看你

低处的看我是一块高地
金黄的油菜花开满一地
高处的眼里我是一块洼地
风旋倒了一片渴望成熟的麦子

给亲朋办事
办成了是应该的
办不成的心里窝着一肚子气
生了根的总会有一天结出果实

望着一条干涸的河

水落石出
那些找妈妈的小蝌蚪
像洒一路的羊粪
在河滩上晒干生命的水分

天干云旱
空荡荡的河床
岁月的豁口
痛着乡村的心头

沙石举着荒草的旗子
勤快的农具开辟新的领地
一块不肯离去的石头
磕掉锄头的牙齿

没有水字旁的河
有如没有女人的家
缺少滋润、包容和甜甜的笑声
那河只有在岁月里喊渴

故 乡

山峦像一群驼队
嚼着岁月的盐巴
太阳从驼峰上下来
天就黑了

小河像一条蛇
窜过季节
沙石爬上河床
水位就低了

春的鞭梢一响
所有的草都走出山坡
像走出教室的孩子

风赶着一群云在天上转悠
炊烟像花炮
放出满天繁星

麦子上场

玉米愉快地生长
一群吃饱了的麻雀在电线上
聊天

如线的房檐水照窝滴着
卧在主人旁边的猫
心平气和
念着一本不再难念的经

清明的雨丝

一个湿漉漉的日子
从唐诗架上滚下
欲断魂的路上
古今人擦肩而过

给每一株坟头上的草
发一张洁白的试卷
一炷香举着缅怀的火把
翻越一座雪山

纸灰像一只淋湿的乌鸦
晃荡的火苗是一串明亮的钥匙
阴历的湿气锈蚀了时间的锁孔
绵长的根狠劲让草芽头顶生存天空

元宵的灯盏

腊八粥糊住年关的窗户
十五的灯盏点亮心头的路

灯窝里的清油支撑着灯芯的亮度
灯花的大小寄寓着一年的盼头

天上一树黄杏
夜风吹落一颗流星

一朵朵灯盏花盛开人间
一粒种子想着出嫁的日子

一个人就是一盏灯
点不亮的在故乡眼里永远是哑灯

端午节的荷包

水乡的荷苞绽放水面
旱塬的荷包飘香胸前

花锁线缠绕手足
草丛中的蛇绕开赤脚的阴历

杨柳插在门庭屋檐
晦气就不会生出一窝兔崽子

一针一线绣出的荷包塞给竹马
青梅的日子就多了一份牵挂

春节的红对子

民间枝头
冷不防越过冬的边界
一绺绺迎春的花朵
翘首门楣
喜庆的节日就有了色彩

洋洋得意的鼓点
提着大红灯笼
从岁末串门到惊蛰
猛回头疲倦的门神
看丢了日子的对偶

乡 情

一粒种子
在节节思念的麦秸上
抽穗
麦芒刺出一个痛

往事的颗粒
在手心里一遍遍研搓
灶膛里的柴火
照亮皱纹背后的岁月

村头那棵柳树
收藏着童年的影子
乡音路上的鸟
衔来了阴匝里争春的消息

正 月

一年祝福从门楣上贴出
出行的爆竹
炸开寒风裹紧的日子
少女发辫上透露出
春来的消息
一棵草便成了一只羊
一生牵挂的心事

雪花覆盖往事
一本难念的经
压在席底
留秦琼看守家门
一庄人聚集在一起
等待秦腔从正月的嗓门里
吼出

翻熟的月光
从头温习
新鲜的种子与汗滴

在永不变质的土壤里
长出一打子方言
农谚古老的灯盏
照亮民间

母　语

被称作沟、岔、湾的地带
其实是山的皱褶
那里蜗居着一个村落

风在这儿绊住了脚窝
阳光被切成两半
向阳与背阴的山野
都生长着民间作物

一片庄稼尚未把积雪的窗纸
捅破
鸟爪里踩醒的桃枝
正咧嘴笑着

树木推陈出新了季节的景色
日子的炊烟袅袅攀升
旺着生命的灯火

山路很多每一条

都在村口的大树上绾一个死结
出门在外的山雀
总会在这里找到母语的情结

冰　草

这是一种最常见的草
顽强生存的劲儿
让它占据了农田以外多余的空间

干旱的鞭子
会让云朵一个个走失
唯有冰草与农人共守家园
那针尖的绿芽
刺痛头顶上的天

大路畔
一声秦腔与一头牛中间
一片茂密的冰草
正在淹没布底鞋的痕迹

生字本

不管田字格米字格
都离不开土地的养育

在田字格上写字
就是在田里播种
一分辛劳
就有一分收成
土地不亏人
薄庄稼永远薄着自己

在米字格上做作业
就是在生活中学做人
捉笔的姿势
决定了字的骨骼人的骨气
上下对称的笔画从左到右的笔顺
历练出最好的人生

从方格里走出
看不见生活的格子

生存处处有规则限制
生字本上的式样要牢牢记在心窝
写字就是种田
种子一定要撒在犁沟里

村小学的讲桌

红颜掉落
仍旧站在讲台上
背对黑板
面朝阳光

出生于偏僻山乡
不是旱柳便是白杨
一经木匠斧正
规范地走进课堂

酷暑寒霜
一室独好的风景里
春光的枝条
鸟语花香

窝里的鸟儿一茬茬飞走
唯有固守的黑板
永久把山里的火柴头
擦燃

排着队的孩子

山峦早已挡住身后的眼睛
一群蚂蚁依旧排着整齐的队形
晴空万里
没有低飞的燕子
正午的阳光
把他们的身影照得非常朴实

从村头到村尾
每一条回家的巷口
雀跃着依人的小鸟
当最后两个点在我的视线里
依旧一前一后
便知他们的名字
一个叫习惯一个叫纪律

最累的人群

肩挑两副重担

学校与家庭一左一右

低着沉重的头

与秋天的庄稼一样俯视泥土

辛苦的材料摞在课桌上

像一块块砖头砌起长城的女墙

从豁口处伸出头的学生

正看着高考的胡马度过阴山上

期望高过孩子的头

岁月压弯肩头

课业很厚

戴上眼镜才能穿得透

比东方亮的鸟儿起得还早

梦里又挑灯看剑

鲤鱼跳过龙门

背上的包袱才能撂给弟妹们

山里的课堂

打开书打开窗子
山里的教室
呼吸山外的空气

认识山的成因
辨别砂子般坚硬的风向
一篇坚涩的古文白话之后
一只雪狐走进民间
几个青杏的单词
硌了村庄的牙齿

教育的阳光
照亮背阴的地方
均匀的雨粒
让深埋的土豆发芽
一颗生字就是一块盐巴
山里的孩子顿顿离不了它

乡初中的教室

乡初中像一列春运的火车
每一节车厢水泄不通
一个巷道只容一个人侧身走过
超员让提速的教育
负重前行

教室像个反季节的大棚
肩并肩的秸秆密不透风
汗腥味吃光了新鲜空气
缺氧让朵朵向阳的植物
低头纳闷

九年义务教育的春风
让满园的苹果同时进入花季
七八十朵花在同一枝条上结果
每一个坚强的枝干只有借着夜空
再次把根须揳入土壤的深层

家长会

孩子的位子
就是家长的座次
档次最高的手机
一样遵守纪律听一个
土不拉叽的庄稼汉介绍田间管理

讲桌在上面宣读成绩
舌根压住下面的意思
一把打开高中大门的钥匙
让好几个人的头
像谷穗一样弯得很低

450分以下的家长可以离席
靠窗子最后一张课桌旁的一个人
做贼似的走出教室
麦芒刺背那是我
回家的腿短了一大截子

校园书声

一株白扬
根扎在旱塬
头钻天而上
枝杈伸向县城的街道
与国槐一同分享阳光

为了追求教育的小康
男人走西口
女人留守
即便租一个低矮的房屋
也要让山里的雀儿子啄开城里的稻谷

县城的楼房像开花的芝麻
东城区成了一个移民区
那里晾晒的鞋子
刚刚洗掉了乡村的泥巴
那里，一个方言的读书声
正伴着国旗飘扬

乡村的路

一条乡路的主干道开始油铺
拉沙的车一辆接着一辆
从通往故乡的枝杈上碾过
半尺尘土淹没了行人的脚步
一只求生的蚂蚁
死死拽着小草的手

拆了东墙补着西墙
灰头土脸的树站立路旁
寸步不让
无处栖身的尘埃
冷不防飞进我的胸腔
一声咳嗽
谁为此医治农谚的创伤

公路两旁的庄稼

把头伸向病恹恹的班车窗外
体恤农业的目光跟着
一声叹息在乡间奔跑
远远甩在后面的树木
呛了一鼻子土雾

路旁的庄稼像出土的兵马俑
自秦朝走来一路灰尘
只等风雨的掸子除净
田埂上摆来摆去的阴凉
与风抬扛

车水马龙让公路边上的民居
患起神经性耳鸣
尘埃终年侵袭着日子的肺部
依然有几座新房注册路旁的户口
庄稼被赶在身后

秦　腔

只有西北风才有这样卖力的大嗓门
一声粗犷的调板
让一把板胡锯开漆黑的夜幕
粉墨登场的日头
踱出方步走进村庄的戏路

牛在前面人在后头
空旷的大野
一句乱弹撑起农业的骨肉
一片崖娃娃的回声
驮着苦闷从岁月河上泅渡

有盐没醋
日子照样得喊下去
戏文里的许多词
与留在土壤里的扁豆根须
一起滋养民间的麦子

黄土地

粗犷的风

增大季节的肺活量

稀薄的雨

锤炼土地硬朗的筋骨

笔挺的麦子

扬起村庄的旗帜

一群杨柳根系

深入缺水地界

顽强活着

满山菊花

点缀秋天的发辫

封闭的情感

被打碗花般盛开的唢呐

吹得红红火火

旱塬高处一棵老槐

竞相开放着秦腔的音色

冬季敞开明月的窗户

等待一只只飞回的雪鸽

母 亲

一双小脚
让母亲一生站立不稳
干什么农活
双膝着地
为庄稼下跪
期望一个好收成

跪着锄田
跪着收割
岁月的湿气浸入骨节
落下了一个病根
像搬家的蚂蚁
刮风下雨扑簌簌的疼

父亲坟头的草一岁一枯荣
母亲额头的琴弦一天天松劲
一根木棍扶着母亲
进城的班车来了
一滴眼眶里打着转转的泪花
一路上揪着我的心

出　差

钻进一辆班车
像一个寄出去的包裹
在驿路上颠簸

搁在邮政宾馆
无人认领
只有寒意出出进进

在一座城市里蜗居了几天
盖上一个满脸风尘的邮戳
以查无此人的理由退回原地

在去天水路上

从家乡到天水
班车像一条河流有意拐了个弯
穿过另一个县城的腹地
捡拾路边的野草野花
行进的曲线
弓背一样搭稳离弦的箭

从一座名叫古成纪的地方出发
到达另一座成纪古城
一座城池一波三折
难住了出巡归来的伏羲
绕树三匝的喜鹊
不知该在哪个枝头上报喜

在天水的日子

在天水过着与静宁一样熟悉的日子
乡下的麻雀说着一样的方言
郊区的蜜蜂在相同的民俗里采蜜
一只似曾相识的燕
在头顶上呢喃

根在成纪
伏羲庙里供着同一个先祖
从羲皇大道上走过
老庄上人与新庄上人的足迹
一团和气

吃一碗牛肉面
与天水的男人一道咂出西北风味
揪出几个错别字
和新华印刷厂的女工一起
修改一天的生活

会　宁

在一个叫杏儿岔的村子
一位诗人的名字
让我想起长征的故事
三面红旗在西津门的城楼上汇集
便有了会师园三塔环抱的凛然气势
问苍茫大地
感怀泥土的厚实

在一个叫郭城驿的镇子
一段金末名将的传奇
让我重温郭虾蟆壮烈殉国的足迹
一个地名就是一种精神的延续
长征红堡子的战斗
又一次浸染这块凝血的土地

在一个叫杨集乡的地方
一只金凤凰飞出高考榜首的消息
让我再一次认识
这个黄土攥紧拳头喊渴的高原
一把冰草深入教育的根部
一株旱柳撑起生存的底气

乡村音乐

家畜家禽叫声此起彼伏

合奏出粗犷的民风

一群旧式农具吼起季节嗓子

唱响乡俗的主题

村小学的钟声

让地膜玉米一个个拔节

阴历的日子

与一本语文一起读熟

晨风的笛子清新民间枝头

炊烟的唢呐吹红夕阳面部

走出迂回的磨房

跳过固守的门槛

坑种的洋芋

一撅头下去

乡村金属的音质

滚落一地

晒太阳

土拨鼠攒好了冬粮
撤离田野的空旷
红嘴鸦儿把一口农人遗忘的谷粒
埋进记忆的田地，出外闯荡
一条蛇在村头最隐蔽的地方
绝食静卧
七嘴八舌的麻雀在树枝上
填充冬天的叶片
给村庄一种宁静的念想

几个人在阳山的圪劳里
或坐或立
闲月里闲置起劳作的身子
渴望得到阳光足够的思想

一堵墙挡住身后的西北风
红日头逼走眼前的寒气
晒太阳，不是翻晒太阳发霉的日子
偷闲晒着阴历受潮的乡情乡俗

晒着秋天浸入骨子里的湿气
阳光补充心情的钙质
躬了将近一年的身子直起腰来
喘了一口长气

外 流

外流，就是跟随刚刚解冻的春风流浪

一个蛇皮袋背在身上

坐半天汽车在一个叫做定西的地方

偷偷爬上拉煤的火车

向西，向西

我的乡里乡亲像一片树叶轻轻地落到新疆

外流，就是把汗水流在外头

一分钱难到庄稼汉

有时露宿街头像盲流

不知道下一站有没有自己的路标

饥一餐饱一顿

心中的盼头打发着日子的苦调

外流，就是走西口闯关东

董志塬上有父亲赶麦场的身影

红山砖厂的砖砸痛了兄长的后半生

银川六楼工地上像跌下一个土块

跌下了邻家一个风华正茂的生命

外流，外地的麦芒卡住了故乡的喉咙

外流，就是打工就是出外谋生
蒲公英的种子随风在异地生根
山菊花甜美的笑被摘棉花的手摘走了
出卖苦力的农民怀揣着几张汗涔涔的工钱
像反季节的候鸟春去冬归
经营着故园窠巢的冷暖

寻 活

寻活就是没活找活干

天晴改好雨天的水路

拾进筐子里的柴草

都会燃旺光阴的火候

一脬牛粪就是一枚闪亮的铜钱

煨暖冬天的炕头

手闲口闲

泥土里刨着吃的

认定了这个死理

寻活就是把季节里的骨头挑出来

把粮食里的土珠子筛下来

一个寻字

就是一双闲不住的手

腰痛腿困

岁月寻出一身的毛病

消闲的日子

消停不了的儿女

是一生不倦的心劲

乡 亲

一家有难家家帮忙的叫故乡
地挨着地，路连着路
牛羊混在一起吃草
麻雀在任意一棵树上鸣叫
一条河驮着艰辛的岁月

今天骂了仗明天不记仇的叫乡亲
麦黄六月各顾各的活
闲冬腊月聚集在一块亲亲热热
不知谁的一把旱烟叶让大伙
抽出日子辛辣的味道

结伙走着官亲戚的叫亲房
案头上供着同一个先人
大爷、二妈、三姑、堂弟
他们都是我的亲人
亲人永远望着亲人过上好光景

抬着殁了的人上长路的叫房下

房下是天衣锦还乡
也不能小觑庄亲
乡情的气场里房下轮流坐庄
共担着村庄的风云雨雪

蛇皮袋

化肥埋在阴历根部
立不起来的空袋子装满方言的力气
麦子固守在农谚的节气里
一批坚挺的旱白杨借着风势
把手伸向城市的碗里

背上的行囊
是生存的工具
随便置于何地
一条白花花的蛇躲避着世俗的眼光
穿梭苦调的生活
每年靠在外面蜕一层皮
换回一个不缺油盐的日子

工 棚

工棚就是帐篷
工程做到哪儿帐篷就搭建哪儿
露天而立席地而坐
与鸟为邻
风雨随行

工棚就是窝棚
光着身子的砖墙上苫几片石棉瓦
只要不克扣工钱
避不住的风遮不住的雨
渗不进工期的关节里

工棚就是车棚
里边停放的农用车一辆紧挨着一辆
轮胎上的泥巴磕满一地
汗腥气脚臭味招蚊惹蝇
此起彼伏的鼾声
为明天的行程加油

脚手架

光着脊背

一个个硬强的汉子

生存的需求让它们靠在一起

手挽着手肩扛着肩

站立在车水马龙的街市

撑起城市的天

高处的风像工头的吆喝声

一声更比一声紧

都市的蚊子与阳光比乡下的更会叮人

一颗跌落的星星

像黄蜂螫痛一群思乡的心

一座大楼拔地而起

一簇钢管搭起的架子从城市的上空撤离

一株铁树在阳台上使劲地泛出绿

埋在岁月里的根正在怀念泥土的深情

那是住楼的弟弟

正在牵挂着脚手架上卖命的父兄

壳子板

来自深山老林

不是红松便是蚂蚁松

一样的质地

多了风雪的袭击脊背上就多出一个硬结

硬结错失了坐办公桌坐凉房的机会

硬结却让脊梁更坚强的承担着

负荷与挫折

做一件浇铸的模具

用身体挡住流动的词汇

让水泥与石子凝结成固体艺术

一项工程完竣

散乱的壳子板堆放在工地上

无人认领

只有岁月的风雨洗刷劳动的艰辛

打工回来的堂弟

受完义务教育

懂得衣锦还乡的含义

在一个地摊上一砍再砍

砍倒一件风衣

罩住岁月的风尘、疲劳以及

略微有点自卑的心理

人活一口气

不能让老家的麻雀笑话自己

民工的报酬成了总理

打破砂锅问到底的事

林子大了树叶稠密

阳光照不进去的地方

瘦弱的小草依旧挺不起身子

省略汗水滴灌薪酬的细节

删除风沙吹起有盐无醋的日子

逢人便笑的堂弟

咽进肚里的门牙无意中

让方言的后音里漏出歉收的风声

割麦子的新媳妇

看一位新媳妇挥镰的样子
像看采桑的罗敷
过路的时间驻足在一首汉乐府里

一顶草帽盖住头上的阳光
弯腰的姿势像一把出新的镰刀
六月的麦茬子磨着锋利的年华

太阳从脊背上踩过
背就驼了汗水从脸上不停地流淌
岁月的河道就镌刻在额上

由站着收割到跪着锄田
土地的湿气浸入膝关节
落下一根拐杖对土地痛的惦念

一阵风刮过一顶草帽落到路畔
一朵桃花突然从季节背后绽开
草丛中窜出的壁虎咬住夕阳的余晖

城乡之间

沿着楼梯走上去叫城里
随着日头落下去就是乡里

城乡之间有一棵树
根在乡村
头升向城市的上空
枝头上雀跃着的儿女
叶落根部
吸住磁性的故土

一边是妻子的肩膀
一边是母亲的胸脯
一只蜘蛛在城乡的路上结着网
网住汉语里几只最亮的萤火虫
照亮心的行程

城里有奔走的大名
小名蛰伏在老家墙根下的碱土中
岁月的绳车拧紧往来的线路

拧出一条拔河的绳索
大名与小名各不相让
我只有不停地蹚着思念的河

路 灯

一条官巷子是粗壮的树干

四通八达的门前小路

曲曲折折的枝杈

密集起生存的瓦房

片片错落有序的树叶

终年传递着时光的血脉

炊烟升起，阳光照射

村庄的大树就活了

万千岁月

阴历永远阴着日子另一半

月亮的路灯无法穿透命运的云层

伸手不见五指的巷口

母亲的灯笼等着小名回家的脚步

多少个三十晚上

父亲出门时一声壮胆的咳嗽

正沿着队上牲口圈方向摸索行走

黄家坡，我的故乡

共和国肌体上最小的细胞

永远让我魂牵梦绕

渴望月光每晚能照亮迟归的一把镰刀

等待一盏路灯

祛除心理漆黑的病灶

让彼此串门的桑麻

回家的路不再深一脚浅一脚

健身场

闲月的阳光照在冬的驼背上
光阴的影子渐渐拉长

出外觅食的鸟一个个返回故乡
苹果树的根部墩好底墒

一盘棋把时间围得水泄不通
两副扑克升高了腊月的台阶

村小学的操场寒假的风很冷清
墙根下圪蹴的一排农具晒着太阳

今夜故乡的梦正香
老戏台前建起了一个健身场

一点点磨掉日子里增生的骨质
取出阴历关节里的湿气

西北风中摇晃的五谷杂粮
一句躬腰的方言尽情表达着幸福的思想

硬化路

一场雨泥泞了农谚的布鞋
赤脚的时代已过
小康的脚步遇到束缚

不怕下雪
怕就怕狭窄的巷子
冰封的冬季无力支稳岁月的拐杖

跌倒了重新爬起
一盏老式油灯只期望头顶上的星光
偶尔进门探望

牙长的半截路
一年四季忍受着风雨的虫蛀
迈出门槛的土话磕磕绊绊

旧村改造是一条牵牛花的蔓
在扎稳的竹竿上使劲向上
心中的路就永远有着硬化的希望

自来水

每天第一大事
就是在深沟里担水
天不亮的冷风呛了兄长的喉咙
一连的咳嗽差不多漫过三里路程

隔壁的四婶成了留守老人
吃完缸里贮存的沤水
日子的河床板结成块
企盼一场雨松软泥土的心事

瓦房高了，踮起脚跟的水
依然够不着生活的屋檐
压在阴历一生的肩上
永远是一米多长的水担

站在城里的水龙头前
思绪哗啦啦流淌
一个提着半桶水在沟坡上歇缓的背影
潮湿了我脆弱的心房

上 坟

我带着最好的酒最贵的冥资
来看你们
一年就这么一次
有时我会像一朵云
被风从半路上叫回去
等不见我，父亲抑或祖母
就会在梦中叫开门

我用最好的纸裁成坟纸
冰草黄蒿一个个举起旗子
一个原本风和日丽的节气
这一天，每一个阴间小院
都落满了瑞雪
素洁是村民对已故亲人
最好的悼词

我用香烟和微笑与叔侄们打过招呼
见到了长期在外的堂兄
说起我们小时候拾坟纸挖祭祀的事

天空突然滴了几点雨粒
坐在父亲的坟院里
看着堂弟给孩子们分发祭品
六叔说，今年屲上的路就能通车了

村　庄

村口，世事的风口
从这里走出去的路
弯曲与起伏
都没有尽头
一只飞来的燕子
在记忆的屋檐上寻找一双温暖的手

只要阳光经过
最高的梁峁地
也会长出养活人的粮食
只要风雨穿行
最陡的山路
也会让过阴历的日子

村庄
就是在歉收的季节
依然怀揣生命的种子
在干涸的水窖
永远珍藏着一个瓦罐
和一首祈雨的歌谣